Mama – meine Geschichte von dir und mir

Für meine Kinder

Ela Deutschlein

Mama

Meine Geschichte von dir und mir

Eine Lebenserfahrung

Bibliografische Information der Deutschen Nationalbibliothek:
Die Deutsche Nationalbibliothek verzeichnet diese Publikation
in der Deutschen Nationalbibliografie;
detaillierte bibliografische Daten sind im Internet über
http://dnb.d-nb.de abrufbar.

© 2012 Ela Deutschlein
Titelfoto im eigenen Besitz
Satz, Umschlaggestaltung, Herstellung und Verlag:
BoD™ – Books on Demand, Norderstedt
ISBN: 978-3-8448-4656-0

Inhalt

Mich erinnern,
was gewesen ist,
um weitergehen zu können,

es dann loszulassen,
um frei zu sein.

Frei nach M. Profanter

Vorwort

Es haben fünf Jahre vergehen müssen, ehe ich mich dazu in der Lage sah, dieses Kapitel meines Lebens niederzuschreiben.

Die Erkrankung meiner Mutter und die gesundheitlichen Folgen für mich haben einen bedeutsamen Lebensabschnitt gezeichnet.

Als ich dieses Buch zu schreiben begann, wusste ich nur, dass ich einem starken Impuls folge, an den es keine Erwartungen zu knüpfen galt.

Dass daraus eine mächtige Therapie wurde, die ich mir schuldig war, kam erst am Ende des Schreibens zum Vorschein.

Meine Mutter und ich haben mit Unterbrechung mehr als sechsundvierzig Jahre miteinander unter einem Dach gelebt.

Ein gutes Einvernehmen und gegenseitige Akzeptanz waren die Voraussetzungen für das Funktionieren dieser Hausgemeinschaft.

Es gab viele Ebenen unserer Beziehung. Die schwierigste war die Zeit vor dem Bekanntwerden der Diagnose »Alzheimer Demenz«.

Von da an fiel es mir leichter, die Stimmungen und das manchmal verwirrende Gebaren meiner Mutter zu verstehen und nach und nach Verantwortung zu übernehmen.

Beim Schreiben des Buches hatte ich die klare Absicht, behutsam unser Zusammenleben aufzuzeigen und diese Erfahrungen von allen Seiten zu beleuchten. Im Stil meiner täglichen Tagebucharbeit habe ich versucht, auch in komplizierten Situationen einen Sinn zu entdecken.

Es war gut, einfach loszuschreiben, dann kam eins nach dem anderen wieder ins Gedächtnis: Gespräche, Gefühle, Sichtweisen, Entschlossenheit und Mut, Entscheidungen, Unsicherheiten und Zweifel, aber auch oft Wut und Enttäuschung über so manche Widrigkeit. Die täglichen Aufzeichnungen waren wichtig, um den ganzen Umfang der Herausforderung deutlich zu machen. Da ist vieles beim Schreiben geheilt, weil es nicht länger verdrängt wurde; so manches Ungeklärte wurde erkannt und konnte sich auflösen; Zusammenhänge wurden sichtbar und ließen dahinter ein großes Ganzes ahnen.

Diese Karte zu ziehen, war mir offenbar in die Wiege gelegt.

Über so manche Zeitspanne sah ich darin den Schwarzen Peter, heute weiß ich, dass es ein Joker war.

Es sind die Tiefgänge, die durch Leidensdruck einen Menschen wachsen lassen; ich hab es überlebt, es hat sich gelohnt. Denn heute kann ich meine Eltern und besonders meine Mutter in einer neuen Größe erkennen, zu der ich ohne diese Erfahrung nie imstande gewesen wäre.

Aber es sollte keine Familiensaga werden, sondern die Schilderung einer Aufgabe, wie sie tausendfach vorkommt.

Dass ihre Erkrankung so tief in mein Leben eingreifen würde, dass ich allen Lebensmut verloren habe, ausgebrannt und leer am Ende dastand, war nicht vorhersehbar. Es war allein meinem Optimismus und dem guten Willen, ein Versprechen zu halten, zu verdanken, dass ich manchmal ganz schön naiv agiert habe.

Aber wer im Zentrum eines Sturmes steht, kann sein ganzes Ausmaß nicht mehr erkennen.

Geburt, Kindheit, Ausbildung

Am Morgen des 13. Februar 1916, einem Sonntag, hat Oliva in einem kleinen Dorf nahe Sonthofen das Licht der Welt erblickt.

Einer Welt, in der weit weg der Krieg tobte; ihr Vater und die Brüder der Mutter waren an der Front.

Sie ist in eine relative Geborgenheit hineingeboren worden; die Großeltern lebten mit der Mutter zusammen auf einem alten Gehöft, einer kleinen Landwirtschaft, die eine bescheidene Existenz garantierte.

Man hoffte auf ein Ende des Krieges und wartete auf die Heimkehr der Söhne und Olivas Vater. Der Großvater hat den Vater so gut es ging ersetzt, hat lebenslang eine wichtige Rolle in ihrem Leben gespielt.

Im Jahr 1921, als Olivas Vater das elterliche Anwesen in seinem Heimatdorf übernahm, konnten die Eltern endlich heiraten. Das war mit einer Umsiedlung verbunden, in ein fremdes Haus am Berg, mit neuen Großeltern. Die mussten ihrerseits Abschied nehmen von einer Enkelin namens Theresia, die bis dahin bei ihnen lebte. Die Mutter von Theresia konnte nach vielen Wirren auch eine Familie mit dem Vater des Kindes gründen, ein paar Dörfer weiter.

Abschied und Neubeginn!

Es war eine Zeit der Eingewöhnung nötig, aber solange Olivas Mutter in ihrer Nähe war, ging das mühelos, und der Großvater aus Westerhofen hat regelmäßig an Sonntagen den zweistündigen Marsch auf sich genommen, um nach Tochter und Enkelin zu sehen.

Mit sechs Jahren kam Oliva in die Dorfschule. Sieben Klassen waren in einem Raum und wurden von einer tüchtigen, beliebten Lehrerin namens Centa Mayr unterrichtet. Oliva hatte Freude an den neuen Gesichtern und neuen Geschichten, lernte gern und war sehr aufmerksam.

Nach sieben Jahren Volkschule folgten drei weitere Jahre in der Fortbildungsschule, die sie mit einem ausgezeichneten Zeugnis verließ. In fast allen Unterrichtsfächern stand die Note »sehr gut«. Derweil hatte die Familie schon auf ihre Unterstützung bei der Hofarbeit gewartet, es waren inzwischen zwei Brüder und eine Schwester geboren, zwei Schwestern sollten noch folgen. Jetzt begann die Arbeit in der Landwirtschaft und die Betreuung der jüngeren Geschwister. Am liebsten hat sie aber mit ihrem Vater gearbeitet, liebte seinen verschmitzten Humor, schätzte sein großes Wissen in allen Bereichen der Landwirtschaft und des Obstanbaues, seine alten Geschichten und die unzähligen Lebensweisheiten.

Im Alter von 17 Jahren konnte sie als Spinnerin in einer nahe gelegenen Weberei eine Arbeit aufnehmen.

Ein neuer Lebensabschnitt begann, viele junge Leute aus dem Dorf gingen dorthin, einer bescheidenen Entlohnung wegen, aber auch in der Hoffnung auf eine Existenz. Das Geld, das Oliva verdiente, konnte die Familie gut gebrauchen.

Erst mit 22 Jahren wurde es für Oliva möglich, ein Wintersemester in der Landwirtschaftsschule im Bereich Kochen und Haushalt zu absolvieren.

Ein Internatsaufenthalt, der neue Freiheiten bot. Die Schülerinnen hatten abends freien Ausgang, es war eine glückliche Zeit.

Sie war eine wissbegierige Schülerin und auch da konnte sich das Abschlusszeugnis sehen lassen.

Danach bekam sie, auf Empfehlung der Gastwirtin im Dorf, eine Anstellung als Köchin in einem Brauereihaushalt. Eine gehobene Position, verglichen mit dem, was sich vorher geboten hatte. Zu ihren Aufgaben gehörte die private Küche und daneben die telefonische Annahme von Bestellungen der Kunden der Brauerei. Die Herrschaft, so wurde das Brauerehepaar angesprochen, war sehr zufrieden mit ihrer Arbeit und es ging Oliva gut. Jede Woche hatte sie einen freien Nachmittag, an dem sie nach Hause gehen konnte oder die Zeit beliebig gestalten.

Es war die Zeit, als der Zweite Weltkrieg begann, und in der Marktgemeinde Sonthofen war das überdeutlich zu spüren, gab es doch drei Kasernen vor Ort. Die Zivilbevölkerung wurde durch Informationsveranstaltungen mit einbezogen und einmal kam sogar der Führer persönlich. Die Bewohner waren aufgefordert, Präsenz zu zeigen und am Straßenrand zu jubeln; auch Oliva war mit ihren Freundinnen in der Menge.

Bei einem dieser Anlässe hat sie einen jungen Soldaten kennen gelernt, der zum Beschlagschmied ausgebildet war, aber bald wieder abgezogen wurde. Martin und Oliva schrieben einander.

Im Herbst 1940 verbrachte er erneut ein paar Wochen in der Garnison, und er bestand darauf, den Eltern von Oliva vorgestellt zu werden. An Pfingsten 1941 fand die Verlobung von Martin und Oliva statt und im Februar des folgenden Jahres wurde die Hochzeit festgesetzt.

Der 2. Februar 1942, Mariä Lichtmess, war ein sonniger, aber eisig kalter Wintertag, es lag ein Meter Schnee. Man fuhr mit zwei Schlittengespannen hinunter zum Standesamt, in die Kirche und danach zur Fotografin, dann endlich wurde in der Wirtschaft ein gutes Mahl serviert.

Zwei Wochen später musste Martin zurück an die Front.

Krieg, Kinder ...

Oliva lebte beschützt im Haus ihrer Eltern, während in ganz Europa der Krieg tobte. Ihre beiden Brüder Adolf und Max waren ebenfalls an der Front und die Daheimgebliebenen bangten um ihr Wohlergehen.

Die Eltern betrieben mit den Töchtern die Landwirtschaft, die allen Nahrung und Auskommen gewährte.

Bald stellte sich heraus, dass Oliva guter Hoffnung war und Mitte November ihr erstes Kind erwartete. Martin kam im späteren Herbst auf Heimaturlaub und hoffte, die Geburt des ersten Kindes begleiten zu dürfen.

Eine schwere Geburt. In der oberen Küche des Hauses lag Oliva in den Wehen, man wartete auf die Hebamme aus dem Tal, und als sie schließlich erschien, waren die Wehen schon heftig; aber es ging nichts voran. Schließlich nahm die Frau die Geburtszange aus der Ledertasche, sterilisierte sie und brachte mit deren Hilfe einen kleinen Burschen ans Licht der Welt. Ein Einschnitt für die jungen Eltern und alle drum herum. Der Sohn bekam den Vornamen des Vaters und den des Großvaters und hat sich bald in den Rhythmus der Familie integriert. Martin musste schon bald nach der Geburt wieder an die Front und sollte das Kind erst nach neun Monaten wieder sehen.

Der Krieg ging in die entscheidende Phase, die Alliierten drangen immer weiter ins Land ein und bombardierten die großen Städte. Der Strom der

Flüchtlinge aus dem Osten Europas wurde verstärkt durch die Evakuierten aus den Städten; große Lager entstanden, um die Menschen wenigstens mit dem Notwendigen zu versorgen. Die Zivilbevölkerung war gefordert, ihren Teil beizutragen, man nahm evakuierte Familien auf. Im Dorf waren mittlerweile Menschen aus allen Teilen des Landes untergekommen; auch eine Gruppe französischer Soldaten, die sich ihre Nahrung regelmäßig in den Häusern holten, da gab es keinen Pardon.

Der zweijährige Martin jun. hatte sich bei einem dieser »Besuche« einen Spaß daraus gemacht, indem er die Kappe eines Soldaten quer auf den Kopf setzte, stampfte mit dem Fuß auf und machte sich laut bemerkbar. Dann endlich fragte ihn der Großvater: »Wer bist denn du?« Die Antwort kam prompt: »Ein Zoos.« Der Großvater fragt: »Was will der Franzos?« »A Henn und a Ei«, war die Antwort vom kleinen Martin, die alle zum Lachen brachte.

Das Haus war voller Menschen, und es musste irgendwie weitergehen, man half einander und behalf sich, so gut es ging. Gewalttätige Übergriffe und Streitigkeiten wie mancherorts blieben der Hausgemeinschaft erspart, der Großvater von Martin jun. war die ordnende und ruhende Kraft in diesen Wirren.

Dann endlich wurde das Ende des Krieges bekannt gemacht.

Die Flüchtlinge verließen nach und nach ihre Domizile, um wieder heimzukehren, wenn das möglich war; oder sie mussten irgendwo ganz von vorn beginnen. Die meisten deutschen Soldaten kamen in Gefangenschaft. Martin wurde am Golf von Biscaya interniert, die Brüder von Oliva in Russland und in den USA beziehungsweise in England.

Martin kam im Sommer 1947 heim, krank und traumatisiert, von den Ängsten, den Gräueln und vor Heimweh.

Es war Sommer und am Hof wurde jede Hand gebraucht, um die Heuernte einzufahren. Das war wohl die beste Therapie, die er sich erhoffen konnte. Die gute Bergluft, die Sonne, die Arbeit im Freien und natürlich die Familie. Das verschaffte ihm allmählich den so nötigen Abstand zu den Ereignissen der zurückliegenden Jahre.

Es galt, sich nach einem Broterwerb umzuschauen. Er war der Ernährer und schon bald hatte er eine starke Vision, die er umsetzen wollte: ein eigenes Dach über dem Kopf der jungen Familie.

1950–1954 und später

Es war ein schneereicher, extrem kalter Winter, als Martin und Oliva mit ihren drei Kindern hinunter ins Tal zogen, ins selbstgebaute eigene Haus.

Zum Sohn kam 1944 eine Tochter dazu, die den Vater erst bei seiner Heimkehr aus der Kriegsgefangenschaft zum ersten Mal sah.

1948 hab ich das Licht der Welt erblickt. Wir waren alle drei im Haus der Großeltern geboren, jeweils in der oberen Küche.

Derweil hat der Vater alles darangesetzt, seinen Traum zu verwirklichen. Er hat einen Platz entdeckt, im Tal, an einem kleinen Bach oberhalb der Bundesstraße und der Ostrach. Ein kleiner Hang, zum Bach hin auslaufend, hatte seine Begierde geweckt.

Da sollte sein Haus stehen.

Im Umkreis von 50 bis 200 Meter gab es drei bewohnte Gebäude, sonst nichts; das Dorf lag weiter oben.

Die Verhandlungen für das begehrte Grundstück mussten mit drei Besitzern geführt werden, es waren uninteressante Ränder der jeweiligen Flurstücke, zusammengefügt aber wurde es ein wunderschöner Platz.

Man musste schon Visionär sein, um das im Vorfeld zu erkennen.

Viel Arbeit und Anstrengung war nötig, um darauf ein gut platziertes Haus zu erstellen und einen Garten zu schaffen. Da hat ein großer Meister Pate gestanden, so perfekt wurde der Grundriss ausgerichtet, so schön lag es in der Landschaft.

Während der Bauzeit mussten alle mit anpacken, die Geschwister von Mama ebenso wie sie selbst, obwohl sie im Mai diesen Jahres ihr viertes Kind zur Welt brachte; Veronika wurde als einziges Kind im Hindelanger Krankenhaus geboren, die dritte Tochter der Familie.

Beim Besuch von Papas Schwester und deren Ehemann wurde eine folgenschwere Entscheidung getroffen: Sie wollten das kleine Mädchen mit nach Augsburg nehmen, bis wir eingezogen waren. Meine Eltern hatten wohl kaum eine andere Wahl, denn es musste irgendwie weitergehen. Diese kinderlose starke Frau, die es verstand zuzupacken, wo die Not groß war, würde für dieses Baby gut sorgen, da war jeder sicher. Leider kam es nie zu einer wirklichen Rückkehr, die Kontakte waren oft schwierig und auf Stunden oder wenige Tage begrenzt.

Der Ausbau wurde den ganzen Sommer vorangetrieben, denn man wollte noch vor dem Winter einziehen. Zum Glück hatte die Bauweise keine Austrocknungszeit gebraucht, denn es war ein Riegelbau. In Ermangelung von entsprechendem Material zum Befüllen wurde das Fachwerk mit imprägniertem Pergament ausgestopft und die Wände mit großen Platten verschlossen und verputzt. Gut, dass der Vater zu dieser Zeit im Kalkwerk ganz in der Nähe tätig war. Da fiel nicht nur so manches Baumaterial ab, es gab auch Kollegen, die ihm nach Feierabend noch zur Seite standen.

Türen und Fenster sowie Einbauten und Treppen hat ein Ein-Mann-Betrieb erstellt. Dem Inhaber haben wahrscheinlich lebenslang die Ohren geklingelt, denn niemand ließ ein gutes Haar an seiner Arbeit. Seine Werke waren oft Gegenstand von Beschwerden, sowohl vom Bauherren als auch von den Mietern, die bald den oberen Stock bezogen.

Drei Tage vor Weihnachten kam ein LKW auf den Berg und man hat das ganze Hab und Gut der Familie aufgeladen. Am Ende nahmen meine Eltern und die großen Geschwister im Führerhaus Platz, und ab gings.

Mein Großvater hatte mich auf den Arm genommen, denn ich hab bitterlich geweint, er ging mit mir hinauf in die ausgeräumten Zimmer. Ich weinte, bis ich die kleine Kuckucksuhr an der Wand entdeckte, die hatten sie vergessen, und mich!

Am Vormittag des Heiligen Abends wurde ich warm angezogen, auf den Schlitten gepackt und fuhr mit meinem Großvater ins Tal hinab.

Zum ersten Mal betrat ich das neue Haus; alle waren wieder da, die Geschwister aufgeregt wegen des Christkindles, die Eltern wegen des Ofens, der nicht recht funktionierte. Ich war sehr beeindruckt von diesen schönen hellen Holzböden, die Möbel sahen jetzt ganz anders aus, und vor dem Ofen in der Stube war ein großes kupferfarbenes Blech ausgelegt, falls mal Glut herausfiele.

Für uns alle begann nach den Feiertagen ein neues Leben. Meine älteren Geschwister mussten in eine andere Schule. Zweieinhalb Kilometer gings an der Bundesstraße entlang oder hinauf übers Dorf, das war etwas länger. Mama und ich waren vormittags allein und es musste die Versorgung und Bevorratung organisiert werden.

Der Bäcker kam zweimal in der Woche mit dem Fahrrad, auf dessen Vorderrad ein großer geschlossener Korb aufgebaut war. Wenn er das Verdeck zurückschlug, stieg der wunderbare Geruch von frischem Brot auf.

Einmal im Monat kam ein Futtermittelhändler hinauf ins Dorf, der hielt bald auch bei uns, um Mehl, Kartoffeln, Haferschrot, Eier und Butterschmalz anzubieten. Butter, Milch und Käse gab es in der Sennküche in Tiefenbach, eine Viertelstunde bergauf.

Aber einmal in der Woche musste Mama nach Sonthofen, um Sonntagsbraten, Wurst und Gemüse einzukaufen. Da wurde ich auf den Gepäckträger des Fahrrades gesetzt, die Taschen hingen am Lenker und so fuhren wir los. Beladen vorn und hinten hatte Mama viel Kraft aufzuwenden, um die kaum spürbare Steigung auf der Heimfahrt zu meistern.

Eines Tages wurden wir von einem vorbeifahrenden Autofahrer geschnitten, Mama versuchte auszuweichen und wir landeten im Straßengraben. Der Einkauf, das Fahrrad und ich blieben unversehrt, aber Mama zog sich eine Stauchung des Knöchels zu. Bis wir zu Hause waren, war er dick geschwollen und der schöne schwarze Wildlederschuh ließ sich nur noch mit Mühe ausziehen.

Es wurde Frühling. Bald waren Gartenbeete angelegt und mit Salatpflanzen und Kohlrabi bepflanzt, Zwiebeln, Bohnen und Rettiche wurden auch gestupft. Apfelbäume und Johannisbeeren wurden gesetzt, die Himbeeren kamen über das Grundstück vom südlichen Nachbarn, ungebeten, aber willkommen. Die Holderboschen (Holunder) waren schon da, es musste nur noch der Kompost gebaut werden und eine Grube für eventuelle Abfälle ausgehoben werden. In dieser heilen Welt gab es kaum Müll; Tüten und anderes Papier wurden beim täglichen Kochen zum Anheizen im Ofen verbrannt, und es blieb wenig übrig, was dann noch in die Grube gehörte. War die Grube voll, so wurde Erde darübergeschüttet, die vom Aushub der nächsten Grube angefallen war. Später kam ein Hühnerstall dazu und ein kleiner Schopf, unser Spielplatz bei Regenwetter.

Eine köstliche Abwechslung auf dem Speisezettel für uns Kinder waren die Walderdbeeren und Brombeeren am Bach, Himbeeren oder die Johannisbeeren im Garten, wo man uns aber nicht erwischen durfte, denn die waren für die Marmelade gedacht. Im Winter ein wichtiges Nahrungsmittel.

Unweit gab es einen Garten, der relativ unbewacht war, in dem dicke rote Erdbeeren wuchsen, den wir in der kurzen Erntezeit ab und zu heimsuchten. Wir lernten von anderen Kindern, was die unberührte Natur sonst noch Essbares hergab, was den Gaumen kitzelte und den Magen füllte: Sauerampfer, Gähwitzgen, Sauerklee, Katzenpfötchen, Rotdornbeeren, Hagebutten, Bucheckern und Haselnüsse.

Es war eine unbeschwerte Zeit, in der wir neue Freiheiten entdeckten, und bald war uns die ganze Umgebung vertraut. Spielgefährten stellten sich ein, und es entwickelten sich Freundschaften, die zum Teil bis heute bestehen.

Unser Haus umfasste zwei Etagen mit je vier Räumen, einem Flur und einer Toilette. Da war eine Küche, die Stube, das Schlafzimmer und das Kinderzimmer. Der obere Stock wurde bald bezogen von vier Personen, zwei Paaren, die sich den Raum auf jeweils zwei Zimmer teilten, die Toilette war für alle vier.

In unserem Kinderzimmer hatten sich die zwei älteren Geschwister eingerichtet. Mein Bettchen wurde im Schlafzimmer aufgestellt, dort stand es, bis ich sechs Jahre alt war. Warum ich dann endlich ins Kinderzimmer umziehen durfte, weiß ich nicht so genau; vielleicht bin ich einfach zu hellhörig geworden.

Sosehr sich die Eltern bei Tag streiten konnten, so sehr haben sie sich doch in diesen Jahren geliebt. Wenn in der Dunkelheit ganz leise die Melodie gesummt wurde und dann beide den Text sangen:

»Machen wir's den Schwalben nach, bauen wir uns ein Nest, bist du lieb und bist du brav, halt dich an mir fest …«, dann war für mich die Welt wieder in Ordnung. Das war Ausdruck allerhöchster Harmonie der beiden, die meine kindlichen Ängste fortwischte, und ich konnte einschlafen.

Der Streit ging meistens nur um Geld. Davon hatten sie halt nicht genug, aber wir waren nicht arm, so hab ich es zumindest empfunden. Die Eltern meiner Freunde hatte auch nicht mehr, und dort hat es auch regelmäßig gekracht, das haben wir uns erzählt.

Die Bauern in den Dörfern waren da wohl besser dran; eingebettet in ihren traditionellen Besitz hatten sie nicht diese Existenzsorgen und haben uns die Häusler oder Häuslebauer genannt, etwas geringschätzig. Wir Kinder hatten es aber ungleich einfacher als die Bauernkinder, denn die mussten daheim viel mitarbeiten.

Unserem Vorbild sind andere gefolgt und haben am Bach entlang und hinauf ähnliche Häuser erstellt.

Eine schöne Zeit, wäre da nicht die Nachbarin gewesen, die mich gelegentlich morgens abholte. Ihre Tochter und ich mussten dann in den Kindergarten. Das war für mich das Allerschlimmste. Den Geruch der Suppe, die täglich aus dem Krankenhaus heraufgebracht wurde, hab ich bis heute in der Nase. Zwei Stunden Mittagsschlaf in einem verdunkelten Raum hat viel Angst erzeugt, und einmal hat man vergessen uns abzuholen. Gut, dass diese Aufenthalte höchstens ein oder zweimal in der Woche stattfanden. Da war mir meine Freiheit im Garten und am Bach schon lieber, mit anderen Kindern, die auch einmal so richtig dreckig werden durften.

Zu unserem Garten führte ein kleiner Steg über den Bach, den der Vater aus runden Holzstämmen geschaffen hatte. Bis zum Wasser war etwa ein Meter Abstand. Eines Tages saß ich am Steg, ließ die Beine Richtung Wasser baumeln und träumte in das klare Wasser hinein. Ich sah mein Spiegelbild mit der großen Mähne wilder Locken. Plötzlich trübte sich das Wasser ein, es sind kleine Papierschnipsel obenher geschwommen. Dann roch ich es. Ein Bauer hatte weiter oben seine Güllerohre im Bach gewaschen, nachdem er die Wiesen damit beschüttet hatte. Ich folgte mit den Augen diesen Schnipseln, bis ich kopfüber in diese Brühe gefallen bin.

Das hat richtig wehgetan, Kopf, Hände und Beine waren hart aufgeschlagen.

Ich rappelte mich heraus, mein Kleidchen hat vor Nässe getrieft, die Haare waren voller Dreck. Weinend ging ich zu Mama in die Küche. Sie hatte aber wenig Mitleid mit mir, sondern packte mich an den Haaren und hielt mich unter den Wasserhahn, laut schimpfend. Irgendwann war ich gereinigt und wieder trocken, aber ein bisschen schmerzte es noch.

Die dreieinhalb Jahre, bis ich in die Schule kam, waren für mich eine wunderschöne Zeit. Mama war immer da, wenn ich sie brauchte.

In dem Jahr, als meine Einschulung bevorstand, kam meine ältere Schwester zur Erstkommunion. Ein Familienfest, bei dem Anna die Hauptperson war mit ihrem schönen weißen Kleid und der Kerze.

Im Frühsommer haben wir entdeckt, dass sich an der Ostrachbrücke seit ein paar Tagen zwei fremde Männer aufhielten, die Uniform trugen. Das weckte unsere Neugierde und wir Schwestern schlichen uns im Schutz der Hecken an, um sie zu beobachten.

Die Uniformierten kletterten die steilen Brückengeländer hinauf und legten sich dort in die Sonne. Wir glaubten, sie würden uns nicht bemerken, bis plötzlich einer von ihnen auf uns zukam, und der andere stand schon hinter uns. Einer sprach gut Deutsch und fragte uns, was wir denn suchten und wissen wollten.

Er erzählte uns, dass sie bei der amerikanischen Armee seien und den Auftrag hätten, mit ihrem Panzer diese Brücke zu kontrollieren. Dann gab es für jeden von uns einen Schokoriegel und wir wurden nach Hause geschickt.

Beim Abendessen haben wir alles erzählt, und unser Papa wollte am nächsten Abend bei seiner Heimkehr »denen einmal auf den Zahn fühlen«. Folge war, dass er die zwei Männer zur Brotzeit mit heimbrachte. Ein spannender Abend für uns Kinder; die Erwachsenen verstanden sich, man zeigte Fotos, und dabei hat den beiden eines ganz besonders gut gefallen, das Kommunionbild von Anna. Man verabredete sich für den Sonntag zu einem Mittagessen, denn der Auftrag der beiden Soldaten endete ein paar Tage später.

Mama war eine ausgezeichnete Köchin und das Essen war unübertroffen. Dann wollten die Herren noch ein Foto von uns allen machen und Anna sollte ihr weißes Kleid anziehen und die Kerze in der Hand halten. Da war aber nichts zu machen, Anna weigerte sich standhaft. Entweder sollte sie so wie sie war aufs Bild oder gar nicht; also behielt sie ihr Dirndl an. So stellten wir uns dann im Garten auf, und es wurde eine schöne Aufnahme mit dem Hintergrund der Berggruppe Iseler, Bschiesser und Geißhorn gemacht. Dieses Foto, das so entstand, erreichte uns nach einigen Wochen per Post aus den USA.

Mama trug darauf ein weich fallendes schmales Kreppkleid, mit violett-rosafarbenen Rauten und einem schwarzen Lackgürtel; ich fand sie sehr schick.

Ich hatte aus einem ziemlich derben, weiß-rosa gestreiften Stoff ein schönes Sommerkleidchen an. Die Derbheit des Stoffes wurde durch verspielte Rüschen am Saum und an den Ärmeln und mit rosafarbenen Bändchen am Bund etwas gemildert. Die Schneiderin Seffa droben in meinem Geburtsort hatte diese Kleider anlässlich der Kommunion für uns genäht, einschließlich des weißen Kleides von Anna.

Die Familiengeschichte setzte sich fort.

Im Jahr 1957 kam das fünfte Kind zur Welt, Oliva jun., das vierte Mädchen.

Im Verlauf der Zeit sind wir Kinder durch Schulen und Ausbildungen gegangen.

Bald fand die erste Hochzeit statt; ich heiratete mit siebzehn Jahren den vier Jahre älteren Dietrich.

Dann folgte nach zwei Jahren die Hochzeit meines Bruders Max Martin, und wieder nach zwei Jahren heiratete Anna.

Im Verlauf von sechzehn Jahren sind zehn Enkelkinder dazugekommen.

Als mein Vater in den Ruhestand ging, ist bei ihm die Sorge aufgekommen, dass er eines Tages nicht mehr wird Autofahren können und sie beide säßen hier draußen fest. Er begann seine Kinder der Reihe nach zu fragen, ob es Ambitionen gebe, das Haus zu übernehmen und eigenen Wohnraum anzubauen.

Als die Frage an mich gerichtet wurde, waren wir gerade dabei, uns mit einem Projekt zu befassen, das unserer wachsenden Familie gerecht würde.

Schließlich gab es bei Dietrich dann doch eine Tendenz, über diese Möglichkeit nachzudenken. So ist es dann auch entschieden worden. 1978 bezogen wir unser Haus, das wir dem Altbau angeschlossen haben.

Mamas 80. Geburtstag

Sie wollte ein schönes Fest mit ihren Lieben feiern. Es waren alle geladen, die Geschwister mit den Partnern und die Kinder mit ihren Familien; eine Enkelin erwartete in Kürze ihr erstes Kind, das dritte Urenkelkind.

Wir haben dieses Fest in einem schönen Raum einer bekannten Gaststätte arrangiert und ein gutes Menü bestellt. Mama musste sich um nichts kümmern, war glücklich in diesem großen Kreis, der sich ihretwegen zusammengefunden hatte.

Es gab freudige Begegnungen, gute Gespräche, schöne Geschenke, lustige Aufführungen, und es wurden eigens für sie erdachte Gedichte vorgetragen.

Jedes der fünf Kinder sollte sie in der folgenden Zeit auf eine Reise mitnehmen, zu Zielen, die interessant für sie waren, die sie aber allein nicht mehr anstreben konnte.

Da kam einiges zusammen.

Wir, Dietrich und ich, schenkten ihr eine Reise nach Franken, die wir im Frühjahr antraten, als der Spargel gestochen wurde, den wir drei alle gleichermaßen liebten.

Die Zimmer waren in Volkach gebucht, aber das eigentliche Reiseziel war Würzburg, die Fürstbischöfliche Residenz, die im vergangenen Herbst nach einer langen Renovierungszeit wieder eröffnet wurde.

Wir sind morgens beizeiten gestartet, weil wir schon am ersten Tag eine geführte Besichtigung mitmachen wollten. Alles hat gut geklappt, in einer großen Gruppe wurden wir sehr gut informiert; die Arbeiten des Freskenmalers Tiepolo waren in ihrer besten Form wiederhergestellt worden. Danach war sogar noch Zeit für die Festung Marienberg, wo wir ein kleines Mittagessen einnahmen und eine Weinverkostung des hiesigen Weines geboten bekamen.

Das war schon genug für einen Tag, also fuhren wir nach Volkach ins Quartier, zum Gasthof Leipold. Mama hatte ein Einzelzimmer reserviert und wir ein Stockwerk höher ein Doppelzimmer. Ich trug ihr Gepäck ins Zimmer, erkundete mit ihr die Räumlichkeit, wir besichtigten das Bad und die Handhabung der Fenster, und sie wusste, dass wir unser Zimmer genau über ihrem bewohnten.

Mama wollte selber auspacken und sich dann ein wenig hinlegen. Eine Pause tat uns dreien gut. Als ich zur vereinbarten Zeit in das Zimmer kam, um sie abzuholen, saß sie am Bettrand wie ein Häuflein Elend, der Koffer war nicht ausgepackt und das Bett war unbenutzt. Sie habe nicht gewagt, sich von der Stelle zu rühren, denn sie wusste plötzlich nicht mehr, wo sie sei, sagte sie. Sie wirkte voller Angst und war ganz verkrampft. Nachdem ich ihr den bisherigen Tagesablauf geschildert hatte, wurde sie allmählich ruhiger und entspannte sich.

Schließlich sagte sie: »Mei, bin ich manchmol a Liet, des kann ma fast it glaube.«

Damit war diese Geschichte erledigt und wurde

nicht mehr erwähnt. Wir setzten unser Programm fort, es war ein Abendessen auf der Vogelsburg geplant, einer Gaststätte von ausgezeichnetem Ruf im Frauenkloster über der Mainschleife. In mir stieg erneut eine leise Ahnung auf, dass da etwas entstehen könnte, auf das ich in Zukunft würde achten müssen.

Als vor zehn Jahren ihr Mann, unser Vater, ganz plötzlich einem Herztod erlegen ist, waren wir in großer Sorge um Mama. Nach den Abläufen bei der Bestattung, den Behördengängen und all dem vielen, was fortan anders laufen würde, schien es sinnvoll, sie stärker als bisher in unser Leben einzubinden. Das hat sie nur bedingt zugelassen; sie fing an, eine ganz neue Lebenssicht zu entwickeln. Nachdem die finanzielle Übersicht geschaffen war, waren auch spontan neue Pläne für die nächste Zukunft entstanden.

Bei einer Kaffeerunde mit ihren Geschwistern kam die Idee auf, eine Reise nach Malta zu unternehmen, die unsere hiesige Tageszeitung anbot.

Ihre erste Flugreise, warum nicht? Zumal zwei Schwestern und eine Verwandte mit dabei waren. Das war der Beginn einer neuen Freiheit, die sie genoss und alle, die sie liebten, ihr von Herzen gönnten.

Im Verlauf der folgenden Jahre hatte sie sich einen Ruf geschaffen als Reisende. Egal ob mit dem Bus, dem Zug oder mit dem Flugzeug, sie konnte sich überall zurechtfinden, solange sie in vertrauter Begleitung war. Mit der Zeit aber sind kleine Erlebnisse oder Missverständnisse Anlass gewesen, dass sie sehr verärgert heimkehrte. Es war eine Art Irritation in ihr, und es hat meist einige Zeit erfordert, bis sie darüber hinwegkam.

Nach dem Erlebnis in Volkach habe ich nun einen Zusammenhang gefunden zu diesen unerklärlichen Stimmungen, wo ich schon oft mutmaßte, es könnte an der Gesellschaft gelegen haben.

Daheim, in ihren gewohnten vier Wänden, war sie die Sicherheit selbst, war stolz darauf, alles allein regeln zu können, wollte unabhängig und unbehelligt sein von mir, das hat sie immer wieder deutlich gemacht. Sie ging jeden Tag in die Stadt, um Besorgungen zu machen, darum habe ich mich, was die Bevorratung betraf, auf die Getränke und größere Pakete beschränkt.

Oft ist sie zu Fuß die fünf Kilometer in die Stadt gegangen, hat eingekauft und mir die Tasche ins Büro gebracht, weil sie auch heimlaufen wollte.

Eines Sonntags aber suchte die Schwiegertochter im Kühlschrank die Kaffeesahne, die auf dem Tisch noch fehlte, und fand den Kühlschrank nahezu leer. Mama sagte, das sei doch nicht schlimm, sie gehe morgen wieder einkaufen. Renate fragte mich, warum ich denn zuließe, dass Mama nichts zu essen habe. Da musste ich antworten, dass der Kühlschrank für mich von jeher tabu war, bis zu diesem Zeitpunkt natürlich.

In der Gestaltung ihres Alltags ließ Mama sich nicht hineinreden, sie wählte spontan ihre Tagesziele; immer war auch ein Einkauf in der Stadt im Programm, am liebsten am Vormittag, da war auch daheim nicht viel los, weil alle ihrem Dienst nachgingen.

Am Nachmittag waren Spaziergänge ins Dorf hinauf oder in den Nachbarort beliebt; Besuche bei Frauen ihres Alters, die ihr oft schon von Kindheit an bekannt waren, aber nicht mehr so mobil wie sie. Die Besuchten freuten sich über die Gesellschaft und es gab immer viel zu erzählen von der alten Zeit. Oder von den Kindern und den Enkelkindern und wie es in jedem Haus so weitergeht. Nicht überall war von den Jungen jemand bereit, das von den Alten Aufgebaute weiterzuführen.

Die Geburtstage und Namenstage ihrer Geschwister und deren Partner waren ein fester Bestandteil der jährlichen Ereignisse, und nichts in der Welt hätte sie daran gehindert, teilzunehmen. Nur ihre eigenen Anlässe dieser Art hat sie gern vernachlässigt. So hab ich schon manchmal fragen müssen, ob sie denn nicht jemanden erwarte und ob ich etwas vorbereiten solle. Die Antwort war jedes Jahr die Gleiche: »Da kommt doch niemand.« Was dann gelegentlich zu Turbulenzen führte oder zumindest zu Improvisationen zwang.

Wir haben viel Zeit gemeinsam im Garten verbracht; es war ihr lieber, wenn sie dort nicht allein war. Sie ging von Bank zu Bank; es gibt in jeder schönen Ecke eine, und sie wählte den Sitzplatz ganz nach Bedarf: Schatten, Halbschatten oder Sonne. Ein Buch oder das Strickzeug waren mit dabei. Oft hatte ich etwas

zu tun in ihrer Nähe, beim Gemüse, den Blumen-
beeten oder dem Beschneiden der Bäume und Sträu-
cher. Sie konnte meine Werke bewundern, wenn ich
ein neues Weidenspalier geflochten hatte oder einen
Schutzwall aus Steinen, der die Pflanzen vor dem
kalten Ostwind schützte. Sie konnte aber auch genauso ärgerlich darüber sein, weil sie meine Geschäf-
tigkeit nicht verstehen konnte, die ich an den Tag
legte, anstatt mit ihr auf der Bank zu sitzen.

Mama wurde nicht müde, die Namen der Pflanzen
immer wieder abzufragen, und ich stand Rede und
Antwort. Komplizierte Beschreibungen und hinter-
gründige Erklärungen waren aber nicht ihr Ding, da
konnte sie sagen: »Ja, ja, des weischt du am besch-
ten.«

Es gab Pausen, wenn Mama Kaffee brachte oder ein
Erfrischungsgetränk. Dann setzte ich mich zu ihr auf
die Bank, und sie erzählte vom Garten ihrer Mutter, wo Kräuter den gleichen Stellenwert einnahmen
wie Salat, Endivien, Mangold oder grüne Bohnen.
Wo mein Großvater ein Meister war im Veredeln
der Obstbäume, wo auf so manchem Baum mehrere
Apfelsorten wuchsen. Ich konnte diese Geschichten
immer wieder hören, brachten sie mir doch diese
zwei Menschen nahe, die mir schon als Kind so viel
bedeuteten.

Diese gemeinsamen Stunden waren für uns beide
eine schöne Zeit, denn kaum war eine dritte Person
dabei, veränderte sich das Klima.

Manchmal kam eine Nachbarin oder eines ihrer

Geschwister, dann war der Nachmittag für sie gerettet. Dann ging es um Neuigkeiten allgemeiner Art, aber auch um familiäre Ereignisse, Hochzeiten, Geburten, Erkrankungen oder berufliches Fortkommen der Kinder und Enkelkinder, ein weites Feld. Daneben wurden wieder alte Geschichten aufgerollt, erneut betrachtet und (neu) bewertet, eine Lieblingsbeschäftigung für alle. Für mich schien es, als seien es immer die gleichen Fragen, und die Antworten waren mir auch vertraut. Ich fand es amüsant, dem so zuzuhören, während ich meine Arbeit fortsetzte.

Hin und wieder plante sie eine Reise zu einer ihrer Töchter in Richtung Lindau oder Augsburg; dort war sie natürlich herzlich willkommen. Sie kam mit dem Zug an und wurde freudig empfangen. Es gab für die Zeit ihres Aufenthaltes meistens ein Programm mit allerlei Unternehmungen, und wenn sie nach ein paar Tagen heimkehrte, wollte sie erst einmal ihre Ruhe.

Das war ein Ablauf, der ihr von allen Seiten Bewunderung und Achtung einbrachte. Seit dem Vorfall in Volkach, im Gasthof Leipold, aber hatte das Ganze für mich eine neue Färbung bekommen; mir war es manchmal nicht ganz wohl dabei. Darum hab ich angefangen, deutlicher als bisher zu fragen, wohin sie denn gerade gehen wolle und ob ich sie nicht fahren soll oder abholen, wenn ihr der Weg nach Hause zu lang ist. Davon wollte sie aber in der Regel nichts wissen, schließlich hatte sie einen guten Ruf zu verlieren, den der unermüdlichen Läuferin.

Aus der Sicht der späteren Diagnose war das ein

Glücksfall, denn möglichst viel Bewegung solle sich sehr günstig auswirken und den Prozess der Krankheit verlangsamen. Das bestätigte sich, als ihre Mobilität nachließ.

Nach und nach wurden mein Mann und ich aber doch als Chauffeur zugelassen, sei es am Sonntag in die Messe oder zum Friseur, zur Fußpflege oder zur Kosmetik, den Geburtstags- und Namenstagesfesten der Geschwister. Manchmal stand der Besuch zweier Cousinen auf dem Terminplan, die in einem Dorf mit schlechter Busanbindung lebten. Das war alles machbar.

Ich hatte begonnen, die täglichen Vorräte diskret zu überwachen, habe auch manchmal einen Blick in den Kleiderschrank geworfen, der auffallend leer war, obwohl sie immer einmal mit neuer Kleidung heimkam. Irgendwann kam ich dahinter, dass sie, wenn sie ein neues Kleidungsstück gekauft hatte, dafür sofort ein anderes hat verschwinden lassen. Keine schlechte Idee, will man übervolle Schränke vermeiden, aber es kann auch zu Engpässen kommen.

Eines Tages präsentierte sie mir stolz ihre nagelneuen Schuhe, schön bequem sahen sie aus, aber ich kannte sie schon. Woher? Ein Blick in den Schuhschrank zeigte, dass genau die gleichen Schuhe schon dort standen, die hatte sie vor etwa vier Wochen gekauft.

Ich bin ihr in den Garten gefolgt und wollte wissen, was da geschehen ist, wo sie denn die Schuhe heute gekauft habe. Darauf antwortete sie, sie kaufe immer nur in diesem einen Laden in der Stadt ein. Das war ihr nicht peinlich, sie war entrüstet, denn das konnte doch gar nicht sein. Ich bat sie, die Schuhe auszuziehen, und fuhr damit in die Stadt, legte mir unterwegs schon ein paar Sätze zurecht, wollte mich entschuldigen, aber auch eine Entschuldigung hören. Dann bin ich bei der Verkäuferin aber nicht nur auf Unverständnis gestoßen, man wollte mich abspeisen mit der Erklärung, dass die Mutter eben nicht allein einkaufen solle, wenn sie es nicht mehr könne. Gott sei Dank wollte Mama nicht mit dabei sein. Ich spürte, wie Wut in mir aufstieg. Nach einigem Hin und Her sollte ich eine Gutschrift bekommen. Die hab ich glatt abgelehnt, was sollte Mama hier noch kaufen?, und hab auf die Barauszahlung bestanden.

Es war kein Versehen der Verkäuferin, denn die hatte ein gutes Gedächtnis und einen übertriebenen Geschäftssinn. Das hat sie erst kürzlich bewiesen, als ich meine rosafarbenen Winterstiefel reklamieren wollte, weil sich das Obermaterial nach drei Monaten zerlegte. Da konnte sie sich genau daran erinnern, dass die Schuhe einen reduzierten Preis hatten und somit von jeglicher Entschädigung ausgeschlossen seien.

Also wusste sie auch, dass Mama vor wenigen Wochen die gleichen Schuhe schon einmal gekauft hatte. Ich machte meinem Ärger Luft.

So geht man nicht mit offensichtlich verunsicherten Menschen um und schiebt dann die Verantwortung ab.

In diesem Jahr gab es im Haus noch ein freudiges Ereignis: Annalena wurde geboren, das erste Kind von meiner Tochter Kristin. Kristin bewohnte die Wohnung über der von Mama.

Die Geburt eines Kindes ist immer etwas ganz Besonderes, noch dazu, wenn es hier im Haus aufwachsen würde. Nun waren vier Generationen unter einem Dach.

Dieses kleine Menschenwesen hatte mit uns zunächst gar nicht viel zu tun haben wollen, liebte nur Mama und Papa.

Selbst beim Ausfahren durfte sie nicht sehen, dass ich den Wagen schob. Noch schlimmer reagierte Annalena bei Mama. Dieses Fremdeln hat mehr als sechs Monate gedauert; dann aber hat sie uns ihre ganze Liebe geschenkt.

Als Annalena zwei Jahren alt war, war Mama die wichtigste Person für sie, wenn es um das Vorlesen von Geschichten ging oder um Bratäpfel, Pudding und selbstgemachtes Apfelmus. Es war eine schöne Zeit für Mama, wie auch für uns alle. Es gibt während dieser Zeit keine Hinweise auf Auffälligkeiten in meinem Tagebuch.

Neue Entwicklungen

Im Januar erhalte ich völlig unerwartet die Zusage einer dreiwöchigen Rehamaßnahme. Unerwartet deshalb, weil eigentlich Dietrich eine solche beantragt hatte, aus gutem Grunde. Und ich hätte mich da gerne angeschlossen, darum hatte ich ebenfalls einen Antrag gestellt. Sein Antrag wurde abgelehnt und ich musste die Kur antreten. Eine ganz neue Erfahrung in meinem Leben. Ich war für drei Wochen allein dafür verantwortlich, die Termine der Anwendungen und der Mahlzeiten einzuhalten.

Beim abendlichen Telefonat mit Dietrich erfuhr ich, dass Mama, wenn er spätabends heimkam, immer noch im Dunkeln und bei Sturm und Schnee ums Haus herumkam und klingelte, weil sie noch ein bisschen reden wollte, vielleicht gab es ja noch die eine oder andere Neuigkeit. Dann, wenn alles erzählt war, was so vorgefallen war, begleitete er sie wieder zurück.

Dieses Bild hat mir in jener Nacht den Schlaf geraubt und ich konnte nicht eher ruhen, ehe ich eine praktikable Lösung ersonnen hatte: Wir müssen die beiden Balkone mit einer halbrunden Kanzel über Eck verbinden.

Das wird in die Tat umgesetzt, sobald ich wieder daheim bin.

So klare Absichten ließen sich in der Regel mühelos bewerkstelligen, so auch in diesem Falle. Wir gewöhnten uns schnell an diesen Luxus. Aber am meisten haben sich die Katzen darüber gefreut, auf einer Ebene ins andere Haus zu gelangen.

Mama musste nicht die Kellertreppe hinabgehen und bei mir durch die Haustür wieder hinauf, war mit ein paar Schritten bei mir im Esszimmer. Ich konnte beim morgendlichen Zeitungbringen mir mehr Zeit nehmen, mich nach der Gestaltung des Vormittags erkundigen. Des Öfteren kam da in letzter Zeit auf meine Frage eine barsche Gegenfrage: »Warum willst du des wisse?« »Nur so halt«, kam dann von mir. Sie hatte wohl nicht gut geschlafen.

Bei meiner Rückkehr berichtete mir Kristin von mehreren Missgeschicken in Mamas Küche beim Kochen; es hatte oft streng nach Rauch gerochen und zweimal musste sie Flammen löschen. Sie bat mich eindringlich, etwas zu unternehmen.

Im Gespräch, das ich anschließend mit Mama geführt habe, war sie sehr einsichtig. Wir haben uns geeinigt, dass sie das Kochen sein lässt und das Mittagessen mit uns einnimmt. Die Zeitverschiebung von einer Stunde sei gar kein Problem, meinte sie. Das Kochen sei sowieso nicht mehr so wichtig für sie. Also hab ich die Schalter vom Herd abgezogen. Frühstück, Nachmittagskaffee und Abendessen wollte sie weiterhin in ihrer gewohnten Umgebung einnehmen. Eine gute Lösung. Gut, dass der Weg nicht mehr so weit für sie war.

Es verhielt sich aber so, dass die guten Lösungen, kaum waren sie eingerichtet, schon von der Entwicklung überholt wurden.

Das Mittagessen wochentags war für mich von jeher ein Wettrennen gegen die Uhr. Obwohl ich immer vorgekocht oder vorbereitet hatte, war die Zeit extrem knapp. Ich konnte erst Punkt zwölf das Büro verlassen, und Dietrich stand schon um halb eins in der Tür. Das wurde dann noch ein bisschen gesteigert, denn Mamas innere Uhr ging immer vor, tickte ganz anders, und oft stand sie schon an der Balkontür, wenn ich heimkam.

Ihre Ungeduld konnte ich von weitem spüren.

Obwohl es nur an etwas gutem Willen von allen Beteiligten gelegen hätte, um daraus eine sinnvolle Einrichtung zu machen, wurde es bald eine mühsame Geschichte. Dietrich war in der Regel auch nicht ganz anwesend, sein Kopf war noch im Büro, Gespräche waren nicht sinnvoll und schon gar keine Problemdebatten.

Das musste ich Mama mehrfach zu verstehen geben, aber sie war nicht einsichtig und klagte Beachtung ein. Ich wusste zu dem Zeitpunkt noch nicht, dass das zu diesem Krankheitsbild gehört, das schleichend von ihr Besitz ergriff.

Das gemeinsame tägliche Mittagessen wurde zunehmend zur Tortur, und meine Hoffnung darauf, dass es sich schon einspielen würde, schwand nach und nach. Schließlich waren Wortgefechte an der Tagesordnung, bis irgendwann ein heftiger Streit zwischen Mama und Dietrich eine Veränderung dieser Einrichtung zwingend notwendig machte.

Dabei haben sie sich immer gut verstanden, der

Schwiegersohn und sie. Dietrich war ein Mann, der Herr des Hauses, allein dadurch schon eine Größe, und sein Wort hatte Gewicht, mehr als jedes andere. Da konnte ich sagen, was ich wollte. Das hat sie am Mittag zeigen wollen, wollte seine Beachtung spüren, wahrgenommen werden. So wie sie es am Abend gewöhnt war, wenn Feierabend war und Dietrich sein Büro hinter sich ließ.

Die Folge war, dass von da an mein Mann und ich wieder unsere Mahlzeit allein eingenommen haben und danach bin ich mit dem Essen zu Mama hinübergegangen. Nachdem sie gegessen hatte, gab es noch eine Tasse Kaffee, und die Welt war wieder fast in Ordnung. Ein bisschen geschmollt hat sie schon.

Sie hatte eine besondere Art der Kommunikation, die den anfänglichen Verlauf der Krankheit im Verborgenen hielt. Als aufmerksame Zuhörerin, die gerne beipflichtete, begeistert zustimmte: »Da hast du ganz recht …«, sind Mama Fragen häufig erspart geblieben, bei denen sie sich hätte zum Thema äußern müssen. Der Gesprächspartner fühlte sich bestätigt, spürte Resonanz.

Auf die Anfrage nach ihrem Befinden hat sie stets Zufriedenheit signalisiert, das hat die Besucher gleich ins Gespräch kommen lassen. Denn auf Klagen reagiert man in der Regel mit Zurückhaltung und Rückfragen. Es war eine Reihe von Sätzen, die sie bis zuletzt verstand, im richtigen Moment anzubringen. Das hat alle verblüfft, denn so schlecht konnte es ihr doch gar nicht gehen. Sie gab gern Geschichten aus alter Zeit zum Besten, zitierte von ihr geachtete Leute und hat deren Sprüche und Ausdrücke als ihren Gesprächsanteil eingebracht. Dabei blieb unbemerkt, dass da keine eigenen Gedanken mehr von ihr sind. Das passende Zitat, damit zeigte sie ihre Teilnahme am Gespräch und alle waren zufrieden.

Dass das Umfeld später die Krankheit nicht wahrhaben wollte, konnte ich gut verstehen. Bis zu jener Diagnose, die der Oberarzt stellte, konnte ich Mamas Verhalten auch oft nicht einordnen. Ich neigte dazu, es einfach als altersbedingte Marotten abzutun, ließ sie gewähren, wenn sie sich seltsam benahm. Manchmal ging freilich die Ungeduld mit mir durch, da sind dann schon einmal verbal die Fetzen geflogen, weil ich mich an der Nase herumgeführt fühlte, mit den Haken, die sie schlug.

Verabredungen an einem bestimmten Ort und Zeitpunkt waren immer öfter zum Scheitern verurteilt. Dann suchte ich sie, war voller Sorge. Da fand ich sie dann manchmal zu Hause wieder; wie sie heimgekommen war, weiß kein Mensch.

Da konnte sie in einer gemütlichen Runde am Abend plötzlich aufspringen und davonlaufen; niemand wusste, wo sie war. Nach einer Stunde kehrte sie zurück, als ob nichts gewesen wäre. Da waren die sich häufenden Attacken gegen unsere Gäste, die zu viel Aufmerksamkeit von uns in Anspruch nahmen. Es reichte schon, wenn der Nachbar uns vor dem Haus sitzen sah und über die Brücke kam, da sprang sie verärgert auf und ging ins Haus.

Wie weit Mama bereits im Gewirr dieses Schleiers der Krankheit steckte, war für mich nicht erkennbar, weil er sich schleichend über sie legte. Einzelne Vorkommnisse wurden als alterstypisch abgetan. Keiner kam auf die Idee, dass sich dahinter eine schwerwiegende Erkrankung versteckte. Diese Merkwürdigkeiten schienen schon immer zu ihr gehört zu haben, traten eben jetzt verstärkt auf.

Die Diagnose

Mama wollte eines Nachmittags im August in die Nachbarschaft gehen. Dort saß die ganze Familie vor dem Haus bei Kaffee und Kuchen. Sie wollte von der kürzlich stattgefundenen Hochzeit ihrer jüngsten Tochter erzählen, von der Kutschfahrt zum Mittagessen und von dem Glück der beiden. Sie rechnete einen Schritt zu früh mit der ersten Stufe zur Terrasse und stolperte über einen kleinen Mauervorsprung. Sie zog sich eine Schürfwunde am Schienbein zu. Der Sohn des Hauses leistete sofort erste Hilfe, legte einen Sprühverband auf die Verletzung.

Das schien alles nicht so schlimm zu sein, bis dann nach einigen Tagen eine Entzündung entstand und wir den Hausarzt aufsuchen mussten. Der Arzt untersuchte das Bein, riss den Schorf ab und wollte uns nun jeden Tag zum Verbandwechsel sehen. Die Heilung ließ auf sich warten, die Stimmung wurde zusehends schlechter, es war eine schwierige Angelegenheit. In dieser Zeit entstand eine neue Gemütshaltung, sie konnte plötzlich sehr mürrisch sein, da war es schwer, mit ihr auszukommen.

Ein paar Wochen später musste ich meinen Resturlaub antreten. Es gab wie immer im Herbst viel Arbeit im Garten, aber einen Tag wollte ich für eine Bergtour nutzen. Wie gewohnt ging ich zuvor noch zu Mama, das Bein war so gut wie heil, ich musste nur noch täglich ein wenig Johannisöl auftragen.

Ich fand sie total aufgelöst. Auf meine Frage, was denn passiert sei, konnte sie keine zusammenhängende Antwort geben. Unruhige, angstvolle Augen sahen mich an, sie hatte rote Flecken im Gesicht und der ganze Körper war eine einzige Aufregung. Sie sei die ganze Nacht im Haus unterwegs gewesen, sagte Kristin.

Ich rief den Arzt, und bis er kam, hab ich versucht, ihren Blutdruck zu messen; ohne Erfolg, das Gerät hat nicht funktioniert. Kein Wunder, denn der Blutdruck war so hoch, dass dieses kleine Gerät das hätte gar nicht anzeigen können, wie sich dann herausstellte. Der Doktor hat eine sofortige Einweisung ins Krankenhaus angeordnet, zur Beobachtung und zum Einstellen neuer Medikamente. Mama nahm das ohne ein Wort zur Kenntnis und ich packte rasch alles Nötige zusammen.

Nach ersten Untersuchungen wurde deutlich, dass ihr Zustand ernst sei, es könnte ein Gehirntumor sein, ein Blutgerinnsel durch den viel zu hohen Blutdruck oder eine fortschreitende Alzheimer Demenz. Den Begriff hab ich an diesem Tag zum ersten Mal im Zusammenhang mit Mama gehört. Die sich häufenden Wutattacken gegen mich und andere waren nach Aussage des Arztes nur das äußere Zeichen für eine ziemlich chaotische Energie im Inneren.

Am Abend lag sie brav in ihrem Krankenbett, ich war ihr beim Abendessen behilflich. Für den nächsten Tag waren eine Reihe von Untersuchungen geplant, die Aufschluss geben sollten über die Ursache ihres Zustandes. Die Hauptuntersuchung sollte eine Computertomographie im Laufe der Woche sein. Als ich mich verabschieden wollte, war sie mit einem Satz aus dem Bett, sagte ihren Zimmergenossinnen gute Nacht und wollte mit mir nach Hause. Nach einigem Zureden begab sie sich schließlich wieder ins Bett.

Am Morgen danach kam ich wieder, fand sie aber nicht in ihrem Zimmer. Die Stationsleiterin rief den Arzt und führte mich in einen Raum, in dem sich Mama in einer fürchterlichen Lage befand, an Händen und Füßen ans Bett gebunden. Ich machte mich sofort daran, sie zu befreien, sprach beruhigend auf sie ein. Sie war völlig verwirrt und verängstigt, schien mich gar nicht zu hören.

Inzwischen kam der diensthabende Arzt und beschrieb mir eine schreckliche Szene, die sich in der Nacht abgespielt haben musste. Mama ist irgendwann aufgestanden und ist von Zimmer zu Zimmer geirrt, ist tätlich geworden gegen Patienten, die in ihren Betten schliefen. Sie muss dabei ungeheure Kräfte mobilisiert haben, denn es waren vier Pflegekräfte nötig, um sie zu überwältigen.

Um solche Ereignisse in Zukunft zu verhindern, wurde sie auf entsprechende Medikamente eingestellt. Von dem Zeitpunkt an war sie oft sehr apathisch. Sie bat mich jeden Tag sie mitzunehmen, sie wollte heim in ihre gewohnte Umgebung, in der Hoffnung, den Schatten, der sich über sie zu senken schien, wieder loszuwerden. Meine Eintragungen im Tagebuch in dieser Zeit dokumentierten ein tiefes Mitfühlen und Mitleiden, eine große Hilflosigkeit einer Situation gegenüber, die unablässig in eine unheilvolle Richtung driftete.

Nach einer Woche im Krankenhaus konnte ich sie nach Hause holen. Ich hatte am Vortag Überstunden gemacht, so dass ich viel Zeit bei ihrer Entlassung und Heimkehr hatte.

Das Abschlussgespräch mit dem Oberarzt war nicht gerade erbaulich. Er beschrieb den Prozess so, dass es viele winzig kleine Schlaganfälle an den Nervenenden im Gehirn seien, die sich in der Summe so auswirkten. Ich solle mich darauf einstellen, dass eine 24-Stunden-Pflege nötig werden wird. Die Computertomographie habe die Diagnose der Alzheimer Demenz eindeutig bestätigt. Eine hirnorganische Erkrankung, die gekennzeichnet ist durch den langsam fortschreitenden Untergang von Nervenzellen. Es gäbe individuelle Defizite, die jeweils andere Anforderungen an Betroffene und Pfleger stellten.

Das war ein harter Schlag. Zwar war mir bewusst, dass Veränderungen eintreten würden, aber mit einem solchen Ausmaß hatte ich nicht gerechnet, schon gar nicht in so kurzer Zeit.

Wie sollte das gehen? Ich hatte noch zwei Jahre zu arbeiten und der Altersteilzeitvertrag, den ich unterschrieben hatte im Hinblick auf eine mögliche Pflege von Mama, konnte nicht auf ungewisse Zeit unterbrochen werden, ohne erhebliche Einbußen hinnehmen zu müssen.

Aber ich hatte keine Zeit für Ratlosigkeit. Jetzt ging es in erster Linie darum, Mama zu helfen, sich in diesem Leben neu zu orientieren, so weit das ging. Ich ließ meinen gewohnten Optimismus wieder zu, mein Lösungsbauergehirn würde mich eine neue Ordnung finden lassen, daran wollte ich jetzt einfach glauben.

Mama sagte: »Was soll dees noch were mit mir? Ich kenn mich nicht mehr aus.«

Mama hatte fünf Kinder, fünf jüngere Geschwister und viele Freunde, für die sie immer da war. Wenn sie alle an ihrer Seite blieben, würde das nicht nur den Verlauf der Krankheit verlangsamen, es wäre auch eine große Hilfe.

Ich hoffte darauf, dass sie alle auch weiterhin einen Beitrag leisten, dann könnten wir es schaffen.

So weit, so gut

In dieser Zeit hatte ich einen Traum, den ich im Tagebuch notiert hatte.

»Eine größere Gruppe befindet sich beim Anstieg auf einen wunderbaren Berggipfel. Die Motivation ist gut, Groß und Klein marschieren munter miteinander, man hat Spaß, die Formationen verändern sich fortwährend.

Dann wird es schon etwas steiler, nicht alle sind gleich gut konditioniert. Man steht einander bei, appelliert da und dort an die Absicht, die dahintersteht. Pausen finden statt, die Gespräche werden sparsamer geführt, die Luft wird dünner.

Dann ist eine Plattform erreicht, wo ausgiebig geruht werden darf. Alle sinken ins Gras, um tief Luft zu holen und den Proviant zu genießen.

Der Gipfel, unser Ziel, ist schön zu erkennen, die Serpentinen dorthin lassen einen schweißtreibenden Aufstieg ahnen. Mein Aufruf, gemeinsam weiterzugehen, verhallt im Stimmengewirr. Am Ende sind sich dann alle darin einig, nicht weitergehen zu wollen, man sehe den Gipfel, das muss reichen. Wenn ich da hinaufwolle, so sei das meine Sache.

Ich gehe alleine los, Schritt für Schritt, ein kräftezehrender Steig. Schließlich bin ich oben und kann nicht fassen, wie erhebend es ist, wie weit der Blick reicht und wie schön der Weg in der Sonne liegt, den ich gegangen bin. Aber auch wie gefährlich es für mich ist, hier allein zu sein.

Ich werde ihnen allen davon erzählen, wenn ich unten bin.

Unten angekommen, will keiner meine Schilderung hören.«

Entlassung aus dem Krankenhaus, Umbau und Umzug

Mama kehrte aus dem Krankenhaus heim, und Dietrich, Kristin und ich standen vor einer ganz neuen Situation. Es wurden die täglichen Abläufe geändert, vorsichtig übernahm ich eine Verantwortung nach der anderen. Mama war froh, daheim zu sein, und die Medikamente, die ich ihr verabreichen musste, hatten offensichtlich eine dämpfende Wirkung. Nur gelegentlich rumorte sie noch des Nachts im Haus herum oder stand bei Kristin an der Wohnungstür. Sie ließ sich dann aber widerstandslos wieder ins Bett zurückbringen.

Kristin, ihre Enkelin, bewohnte mit ihrer Familie die Wohnung im ersten Stock.

Sie war für Mama immer der unmittelbare Ansprechpartner bei jeder Art von Aufgaben und Problemen. Mama musste nur hinaufrufen. Inzwischen wurde es täglich nötig, die Fernbedienung des Fernsehers neu einzustellen und die Mikrowelle in der Küche neu zu programmieren, um die abendliche Milch warm zu machen.

Sie machte für Mama das Frühstück und wenn ich einmal verhindert war, auch das Mittagessen.

Der Medizinische Dienst musste angeschrieben werden und ich erhielt eine Bankvollmacht auf ihr Konto. Es schien auch sinnvoll, alle Unterlagen, Auszüge, Urkunden und Schriftverkehr ganz an mich zu nehmen und neu zu ordnen.

Es gab fortan eine rote Ledertasche in Mamas Kommode, in der sich 200 Euro in kleinen Scheinen befanden, damit waren anfallende Zahlungen zu begleichen. Zum Beispiel konnte sie damit die Fußpflegerin bezahlen, die inzwischen ins Haus kam, eine Spende bei der Caritas bei den Haussammlungen machen oder einem Besucher einen Schein zustecken. Ich hab die Tasche nur auf den Inhalt überprüft und, wenn es nötig war, wieder aufgefüllt.

Die Arztbesuche, bei denen ich zuletzt schon immer dabei war, hatten einen neuen Charakter, weil Mama sich kaum mehr zu irgendetwas klar äußerte. Der Hausarzt empfahl mir, eine Generalvollmacht ausstellen zu lassen sowie eine Patientenverfügung. Seine Mitarbeiterin, eine psychologisch geschulte Person, sollte sie einem Test unterziehen, bei dem Mama Aussagen zu ihrer Person macht. Das war eine Voraussetzung für einen Notarvertrag.

Mama war einverstanden, und ich sollte eine Stunde spazieren gehen, vielleicht war sie dann gesprächiger. Leider wurden dann alle gestellten Fragen ungenügend beantwortet, wenn überhaupt.

So konnten wir uns den Notartermin ersparen, aber wie sollte das weitergehen???

Die Frau des Hausarztes bot uns eine Alternative an, die in solchen Fällen eingesetzt wird: die »Esslinger Initiative e. V.« Eine Reihe von Formularen waren auszufüllen, im Beisein des Arztes. Es sollte im Bedarfsfall ausreichen, um den Wunsch und Willen des Unterzeichners zu belegen.

Der Medizinische Dienst hat sich nach einer zunächst ausgesprochenen Ablehnung, der ich widersprochen habe, doch für die Pflegestufe I entschieden. Das hat Zuzahlungen weitestgehend erspart bei Medikamenten und Ähnlichem. Ein Krankenbett und ein Rollator kamen ins Haus. Eine neue Aufgabe kam auf mich zu, die Inkontinenz, eine Herausforderung. Nicht nur, dass es weder Bad noch Dusche auf der Etage gab, auch meine unmittelbaren Helfer, Dietrich und Kristin, haben ihre Hilfe eingestellt, damit waren sie überfordert, da war nichts zu machen.

Sie machten sich extern nützlich.

Es konnte sein, dass ich mittags heimkam und schon von weitem das Dilemma roch. Die Einlagen hatte sie entfernt mit der Absicht, schnell alles aus der Welt zu schaffen, und das hat alles noch schlimmer gemacht. Die Reinigung der Wohnung hat oft Stunden gedauert; manchmal hab ich richtig mit ihr geschimpft, was ich dann wieder bereut habe, wenn sie so dasaß und sagte: »Ich weiß au it, was dees soll, ich bin doch allat a sübers Liet gwese.«

Bei Mamas Bemühungen, alles zu beseitigen, wenn etwas passiert ist, ist so manches auch in der Kloschüssel verschwunden. Das hat regelmäßig zu Verstopfungen geführt, die Kanalreiniger wurden immer häufiger gerufen.

Im Rahmen einer Kcamerauntersuchung des Kanals wurde festgestellt, dass der Abfluss des alten Hauses auf Grund der häufigen Hochdruckspülungen an manchen Stellen nicht mehr geschlossen war.

Künftige Spülungen könnten größeren Schaden anrichten, man sollte über eine Sanierung nachdenken.

Na bravo, damit war nicht zu spaßen.

Nun ging es daran, eine sinnvolle Planung zu machen, denn wenn die Kanalisation im Keller totalsaniert werden sollte, könnte auch das Bad, die Dusche und das Klo im Keller an diese Maßnahme gekoppelt werden, zweifellos eine Erleichterung bezüglich der Pflege. Dieser Gedanke hat mich beflügelt, das konnte uns wirklich helfen, wenn da nicht noch die Treppe wäre. Wie sollte das gehen, wenn ihre Beweglichkeit weiter so nachließ?

Dass der gesamte Kellerboden ausgebaggert würde, um den Abflusskanal ganz neu zu verlegen, war inzwischen beschlossene Sache. Mit Vorfällen wie oben geschildert war auch künftig zu rechnen. Bei den Putzarbeiten, die sich wieder einmal lange hinzogen, kam mir schließlich eine gute Idee:

Das Haus war in den Hang gebaut und nach Süden hin, zum Garten, ebenerdig. Warum nicht die beiden Räume, die bislang nur dem Abstellen von Nichtbenötigtem dienten, zu wohnlichen Räumen umbauen?

Das war die Geburt einer großen Lösung, wie es schien. So könnte ich die zunehmende Pflege viel besser bewältigen, es könnte ein Durchgang zum Neubau geschaffen werden, Mama rückte so einfach ein bisschen näher zu mir, was weiß Gott sinnvoll wäre. So könnte einer Verschlimmerung bis hin zur Bettlägerigkeit hier im Haus begegnet werden. Besucher könnten sowohl meinen Hauseingang benutzen als auch direkt über die Terrassentür zu Mama ins Haus kommen. Einfach genial.

Ein solches Projekt machte natürlich weitere Maßnahmen erforderlich; da musste die Heizung verlegt werden und Heizkörper installiert, neue Terrassentüren und ein zusätzliches Fenster eingebaut, der Untergrund besser isoliert, pflegeleichte und wohntaugliche Böden verlegt werden und vieles mehr. Die Kosten stiegen unaufhörlich, aber wir hatten keine Wahl.

Der Baubeginn war angesetzt und in einer Woche war das gesamte Untergeschoss mit einer geschlossenen Betondecke wieder begehbar. Der Innenausbau hat sich dann doch noch zwölf Wochen hingezogen, obwohl wir die Arbeiten unermüdlich vorantrieben.

Im August war es dann so weit, der Umzug konnte endlich stattfinden. Es gab keine Küche mehr, denn Mama war nicht mehr in der Lage, irgendetwas Essbares anzurichten. Die Stube hatte eine Haustür mit Klingel und war mit den Möbeln von oben eingerichtet. Sie war nicht ganz so groß wie das obere Wohnzimmer, aber insofern praktisch, weil Mama bei den paar Schritten, die sie allein gehen konnte, jederzeit Halt fand. Das Schlafzimmer war gleich groß wie vorher, ein heller warmer Raum mit einer großen Terrassentür. Das Beste aber war das Bad, zirka 10 Quadratmeter groß, mit weiß-blauen Kacheln, es war barrierefrei und freundlich.

Alles war für sie überschaubar und es ging von Tag zu Tag besser mit dem Umhergehen, es gab keine Türschwellen mehr, über die sie oben regelmäßig gefallen ist.

Der Rollator war inzwischen ständiger Begleiter. Um auf die Terrasse zu kommen, brauchte sie allerdings Hilfe, aber sie ging ja Gott sei Dank nie alleine vor die Tür, das war für mich eine große Beruhigung.

Am Abend, wenn es nicht mehr so heiß war, ging einer von uns mit ihr und der Gehhilfe hinaus auf die Straße. Der Fahrradweg war ohne Anstieg und man hätte dort viel mehr gehen können, wären da nicht Freizeitsportler mit allerlei Fortbewegungsmitteln unterwegs gewesen, da wurde es manchmal eng. Mama hatte Angst und spürte wohl auch meine Sorge, so dass wir immer schnell wieder zurück in den Garten kamen.

Ihre Sprache reduzierte sich immer mehr. Sie sprach Sätze, die sie gewohnt war, und die keine unerwarteten Rückfragen befürchten ließen. Wenn es doch dazu kam, antwortete sie erwartungsgemäß. So konnte sie auf die Frage, ob sie denn schon gegessen habe, antworten, nein, es habe heute noch nichts gegeben. Die Nachfrage, ob denn diese oder jene Person in letzter Zeit einmal da gewesen sei, wurde beantwortet, die habe sie schon lange nicht mehr gesehen. Auch wenn sie gerade erst vor kurzem das Haus verlassen hatte. Ich wurde bald mit dieser Form der Sprache vertraut. Das war auch sinnvoll, denn immer wieder war sie von besonders starken und markigen Sätzen ihrer Besucher so beeindruckt, dass sie es gleich bei mir anzubringen versuchte.

Mit dem Umbau und dem folgenden Umzug hatte sich nicht nur unser Tagesablauf verändert und die Pflege vereinfacht, ich hatte auch neuen Mut und neues Vertrauen in diese Aufgabe gefunden, die sich mir stellte.

Ich fragte nicht: »Warum gerade ich …?«, sondern im Vordergrund stand ganz eindeutig das Wohl von Mama, die meine Liebe und Zuwendung, Fürsorge und Verantwortung in immer größerem Maße nötig hatte. Ich fühlte mich gestärkt von der Wegstrecke, die hinter mir lag, und sah uns beide auf einem guten Weg, von dem ich mich auch nicht abbringen lassen wollte.

Wie gut, dass ich das so klar sehen konnte. Denn an Ratgebern fehlte es nicht, die mir sagten, dass es anders viel besser wäre. Die neuen Räume, in denen Mama nun lebte, lösten bei meinen Schwestern wie erwartet Entrüstung, Ablehnung und jede Menge Kritik aus.

Man hätte doch alles ganz anders machen können!

Dafür war es zu spät, aus gutem Grund hatte ich die wahre Absicht des Innenausbaus verschwiegen, jetzt kam die geballte Empörung über mich.

Ein Jahr zuvor hatte ich alle an einen Tisch gebeten. Dabei ging es um Mama, die sich einer Operation unterziehen sollte oder nicht. Das wollte ich nicht alleine entscheiden. Ich hatte noch ein paar andere Themen angesprochen, Mama betreffend. Alle blieben dabei auffallend unverbindlich und bei der Verabschiedung sagte der Mann meiner Schwester mit süffisantem Lächeln: »Schön, dass du uns ins Vertrauen gezogen hast, aber eigentlich ist das alles dein Problem.« Das hatte ich zunächst gar nicht begriffen, er saß immer auf hohem Ross. Sie hatten sich also im Vorfeld abgesprochen, es ging dabei nicht um Mama, da steckten ganz andere Dinge dahinter, oder?

Schade, denn hilfreich war eine solche Haltung weiß Gott nicht.

Vielleicht hätte ich darauf bestehen sollen, dass nur wir fünf Geschwister diese Angelegenheiten besprechen.

So hab ich denn gehandelt, hab uns Bedingungen mit dem Umbau geschaffen, die mir ermöglichten, mit guter Organisation einen geordneten Tagesablauf zu gewährleisten. Dietrich musste immer öfter das Mittagessen in der Stadt einnehmen; das war eine Erleichterung für mich, denn die Essenswünsche der beiden waren meistens unterschiedlich.

Fast unbemerkt hatte sich da eine neue Sache eingeschlichen. Mama war manchmal nicht willens, etwas zu essen, trotz mehrfacher Aufforderungen. Damit sie überhaupt etwas in den Magen bekam, hatte ich begonnen, sie zu füttern. Daraus wurde schnell eine Gewohnheit, die sich nur schwer wieder abstellen ließ.

Ich bin nicht müde geworden, innerhalb der großen Familie und im Freundeskreis um Besuch bei Mama zu werben, vor allem am Vormittag, wo sie allein war. Wenn sich jemand angesagt hatte, hab ich den Schlüssel hinterlegt, damit niemand vor der Tür stehen blieb. Oft hat sie die Klingel nicht gehört oder sie war nicht in der Lage aufzustehen und zu öffnen. Die Leute mussten dann halt wieder gehen, was so manchen davon abgehalten hat, es erneut zu versuchen.

Sie hatte immer ein religiöses Leben geführt und mit dem sonntäglichen Kirchgang hat es nicht mehr geklappt. Also glaubte ich, sie hätte ein starkes Bedürfnis danach. Der Pfarrer kam auf meine Bitte mehrmals ins Haus, um eine Krankensalbung zu vollziehen. Das hat sie sehr ergriffen, sie war sichtlich belebt.

Eine Anfrage im Pfarrbüro, ob denn der Besuchsdienst einmal die Woche oder zweimal im Monat kommen könnte, wurde mit der Antwort abgetan, dass bis hierheraus wohl niemand fahren werde. Fehlanzeige also, schade.

Dann gab es doch noch ein Erfolgserlebnis: Gudrun, eine liebe Bekannte, die auch schon Wallfahrten organisiert hatte, erklärte sich bereit, einmal pro Woche zu kommen, um mit Mama den Rosenkranz zu beten. Sie hat die Strecke von 10 Kilometern mit dem Fahrrad nicht gescheut.

Anfangs haben sie miteinander gebetet, später war es meistens Gudrun allein, das war nicht anders zu erwarten.

Mama ging es dabei mehr um die Gesellschaft dieser freundlichen Frau, ansonsten war das Bedürfnis nicht mehr groß. Da ist ein wichtiger Inhalt ihres Lebens erloschen.

Kurzzeitpflege

Dieser lange arbeitsreiche Sommer, in dem an Aufregung nichts gefehlt hat, forderte seinen Tribut. Herzrhythmusstörungen, schlechter Schlaf und eine nicht enden wollende Erkältung hatten mich mürbe gemacht. Ich konnte nicht umhin, über den Vorschlag der Krankenkasse nachzudenken, Mama für eine Woche in ein Pflegezentrum zu bringen, wo das Personal auf Kurzzeitpflege spezialisiert war. Das Haus wäre ihr vertraut, es war das frühere Krankenhaus, in dem sie ihr viertes Kind zur Welt gebracht hatte. Ich hätte ein paar Tage Ruhe verdient, um wieder gesund zu werden. Vielleicht auf einer Reise in den Süden, wo es im Oktober noch warm war.

Ich holte Infos ein und versuchte einen Termin zu finden, an dem alles festgemacht werden konnte. Ein Einzelzimmer für Mama im Zentrum, der Urlaub im Büro, ein Quartier am geplanten Ort und vieles mehr. Das lief alles mühelos, und meine Zweifel wichen allmählich dem Gefühl, etwas Gutes für uns alle anzustreben. Ein kleiner Abstand wäre fruchtbar. Die Termine wurden festgelegt und dann musste die Bekanntgabe an die Geschwister erfolgen. Die habe ich mit einer Schilderung von Mamas momentaner Verfassung hinausgegeben und der Hoffnung, dass sie doch dort möglichst viel Besuch von allen bekäme.

Eine meiner Schwestern meinte, es sei unnötig, jetzt zu verreisen, dazu wäre doch dann genug Zeit, wenn Mama gestorben wäre. Viel gescheiter wäre es, wenn sie verstärkt motiviert würde, um beweglich zu bleiben. Ich hätte antworten mögen: »Mach du das doch, ich mache alles andere.« Aber ich wollte solche Wortgefechte nicht mehr führen, das wäre ohnehin müßig.

Ich musste nicht so ernst nehmen, was jemand sagte, der alle vier Wochen zwei Stunden zu Besuch war.

Alles war geplant, ich packte die Koffer und wir machten uns auf den Weg, mit zweierlei Zielen. Das ehemalige Krankenhaus war nur fünf Kilometer entfernt, und nach der Anmeldung bezogen wir das Zimmer. Dann ging es mit dem Rollator im Aufzug hinab in den Speisesaal, wo eine Bekannte von mir die Aufsicht führte. Sie nahm sich gleich Zeit für uns, Mama sollte bevorzugt behandelt werden. Der Koch lugte aus der Küche heraus, auch ihn kannte ich seit langem, er wollte ein Auge auf Mama werfen.

Wir fuhren zurück zur Station, besuchten den Aufenthalts- und Frühstücksraum, wo um einen großen Tisch ein Dutzend Menschen saßen. Mama wurde freudig empfangen. Ein neues Gesicht bedeutete neue Gesprächsthemen, Neuigkeiten von draußen und Geschichten aus der alten Zeit, wo vielleicht der eine oder andere gemeinsame Berührungspunkt entdeckt werden konnte. Da gab es Menschen am Tisch, die schlechter dran waren als Mama, aber auch andere, die sich für alles zu interessieren schienen, was um sie herum geschah. Ich überreichte der diensthabenden Schwester die Medikamente mit den Anweisungen der Verabreichung und danach bugsierte sie mich schnell zur Tür hinaus. Kein Abschied oder dergleichen, da hatte sie wohl ihre Erfahrungen.

Zurück im Auto, starteten Dietrich und ich ohne ein Wort unserem Ziel entgegen. Wir waren beide verstummt, das ging mehr als drei Stunden der Fahrt so und zog sich wie ein roter Faden durch die Zeit am Meer. Das wirkte heilend, es gab keine unnötigen Gespräche, keine Rechtfertigungen, so hatten wir uns das erhofft.

Wir lebten ganz allein in einer historischen Villa auf dem Monte San Vito. Konnten auf der Höhe wandern, wo sich immer der Hund Quiero anschloss, oder unten am Strand von Senigallia, einem Küstenstreifen von 20 Kilometern.

Die hartnäckige Erkältung wurde in dieser Atmosphäre ausgeheilt und sonst so manches zurechtgerückt. Am Ende sind wir beide gesund und zufrieden wieder heimgefahren.

Ich habe auf dieser Reise meinen Gleichmut wiedergefunden und so manche Angst abgeschüttelt, die sich einschleichen wollte. Es ging ganz allein darum, Mama in einer immer schwieriger werdenden Situation zu begleiten. Ich hatte gelernt, für sie zu denken, zu entscheiden und zu handeln, diesen Weg konnte ich unbeirrt weitergehen. Was andere daraus machten, konnte ich nicht beeinflussen. Da wendete ich mich mit der Einsicht ab, dass selbst verstrittene Beziehungen sich verbessern, wenn es ein gemeinsames Feindbild gibt.

Am nächsten Vormittag hab ich Mama abgeholt. Sie wirkte verschlossen, ich hatte nicht den Eindruck, dass sie sich freute oder noch jemandem auf Wiedersehen sagen wollte. Wir packten alles zusammen und gingen schweigend zur Pforte. Im Auto fragte ich, ob denn das Essen gut war, darauf meinte sie mürrisch: »Es hat meischtens nix G'scheits geabe.« Diesen Spruch kannte ich bereits, den benutzte sie in letzter Zeit gerne, egal wo sie zum Essen eingeladen war. Ich versprach ihr eine Hühnersuppe mit Nudeln und Gemüse, das aß sie immer gerne; vielleicht konnte das die Stimmung heben.

Die Resonanz der Besucher während des Aufenthaltes hatte einen gemeinsamen Grundton: Mama habe sich nicht aufgehoben gefühlt.

Das war nicht anders zu erwarten, so erlebte ich sie zunehmend daheim auch.

Sie hatte sich selbst aus den Augen verloren, da war kein Antrieb mehr, kein Ego, das Wünsche und Absichten schafft, um alles in Gang zu halten. Sie war schon weit davon entfernt, sich irgendwo noch zugehörig zu fühlen.

»Was soll des alles eigentlich um mich rum, ich kenn mich nicht mehr aus«, hab ich sie oft schimpfen hören.

Eine Gehirnforscherin hat am Ende eines Artikels den Satz angefügt, dass Alzheimer Demenz genauso gut ein Retreat sein kann, den die Seele wünscht.

Es kam mir so vor, als leugneten alle die Entwicklung der Erkrankung oder die Erkrankung grundsätzlich. Als ich anlässlich des 75. Geburtstages meiner Tante mit Mama am Arm das Lokal betrat, wo alle ihre Geschwister mit Partnern feierten, ging ein Raunen durch den Raum, ein langes »Joooouuuuh!«.

War das der Grund, warum sie sich fast alle so rar machten? Mochten sie nicht in den Spiegel sehen, in dieses Gesicht mit den immer noch schönen blauen Augen, zu denen es immer öfter keinen Kontakt mehr gab? Um dann aber zu behaupten, sie habe sie ganz bestimmt erkannt und sie sei wie immer gut drauf?

Ich wollte das nicht mehr diskutieren, es gab Wichtigeres.

Derweil war uns ein goldener Oktober beschert. Zufrieden, wieder daheim zu sein, genossen wir die Nachmittage vor dem Haus. Ein Tag schöner als der andere, das intensive Licht der Herbstsonne; eine sanfte Brise; im Schatten feuchtfrostige Herbststimmung und der aufsteigende Duft des verwelkenden Laubes, das auf der Erde zu verrotten begann.

Eine schöne Zeit, in der die Abende wieder früher beginnen, Kerzen aufgestellt werden, drinnen und draußen, und es kehrt Beschaulichkeit und Ruhe ein.

Die haben wir genutzt und genossen.

Ich hätte Mama gerne vorgelesen, es gab so viele schöne Geschichten, aber sie lehnte kategorisch ab.

Das war immer schon so, sie wollte nichts vorgelesen haben, weil sie selber viel las.

Damit war es leider vorbei und auch das Fernsehen war unwichtig geworden. Ein Professor in München hatte mir vor einiger Zeit gesagt, dass Mama an dieser Augenerkrankung nicht erblinden könne; warum sie dennoch nicht mehr viel sah, musste andere Gründe haben.

So saß sie am Abend noch eine Weile bei mir am warmen Kachelofen, bis es Zeit war ins Bett zu gehen.

Da hatte sich allmählich eine Routine eingestellt, sie ließ sich ohne Widerspruch ausziehen und waschen. Bald lag sie in ihrem schönen Bett und war zufrieden. Ich konnte noch einmal den Tag beschreiben, die Besonderheiten hervorheben und ihr ein Lächeln entlocken. Alles war gut.

Der Alltag war gut eingerichtet, in den neuen Räumen fühlte Mama sich wohl.

Ich bin in meine Aufgabe hineingewachsen, hab gelernt, das Viele relativ mühelos zu bewältigen; gut so, denn die Forderungen wuchsen mit jedem Tag.

Ich hielt es für richtig, den Medizinischen Dienst wieder zu bestellen, denn die Pflegestufe I war längst überschritten. Eine junge Frau stellte sich nach kurzer Zeit bei uns vor, holte den Laptop aus der Tasche und fütterte ihn mit vielerlei Informationen. Die Prüfungen mit den einzelnen Untersuchungen verliefen mehr oder weniger schwierig: Mama sprach nicht oft, viele Fragen blieben unbeantwortet.

Die Dame zog am Ende ein Resümee, in dem sie fest-
stellte, dass eigentlich die Pflegestufe III richtig wäre,
aber AD in den Richtlinien noch nicht anerkannt war.
Außerdem würde sie bei einer Hauspflege momentan
sowieso nicht ausgesprochen. Gut (?), immerhin.

Dann sah sie mich an und wollte wissen, wie ich
denn die ständig wachsenden Aufgaben bewältige,
noch dazu mit einer beruflichen Verpflichtung. Ich
setzte an: »Es geht schon, aber …« Mehr konnte ich
nicht sagen, ich kämpfte mit den Tränen. Sie meinte,
ich solle mir nicht einbilden, das allein zu schaffen.
Niemandem sei gedient, wenn ich versuchte, die Hel-
din zu spielen.

Das war meiner gelegentlichen Ratlosigkeit auch
nicht gerade förderlich.

Es standen in den nächsten Wochen eine Reihe von
Terminen an: Hausarzt, Frauenarzt, Augenarzt,
Zahnarzt und die Krankenkasse. Das waren jeweils
gewaltige Hürden, allein der Ein- und Ausstieg beim
Auto, dann oft die Treppen zur Praxis. Zum Glück
kam der Hausarzt inzwischen nun jede Woche zum
Hausbesuch. Der Augenarzt hatte keinen Aufzug in
seine Praxis, die übrigen Ärzte wurden sorgfältig danach ausgewählt.

Weil Mama in der Regel nicht auf Fragen direkt
antwortete, meinten die Ärzte und das Personal, sie
sei schwerhörig, und wurden oft sehr laut. Das stellte
ich immer wieder richtig; dann redeten sie mit mir,
als wäre Mama gar nicht da.

Erlebnisse, auf die ich gerne verzichtet hätte.

Ich bemühte auch den Notar, der vor zirka dreißig Jahren einen Vertrag mit uns allen verfasst hatte. Damals sollte ich das Elternhaus übernehmen, um den Anbau für unser Haus möglich zu machen. Die Vereinbarung sah vor, dass ich den vier Geschwistern einen ausgehandelten Betrag ausbezahle und dafür die Verpflichtung übernehme, unseren Eltern Wart und Pflege angedeihen zu lassen. Ich wollte wissen, wie weit mein alleiniges Engagement bei dieser Formulierung geht. Der Notar, kurz vor seinem Ruhestand, wand sich gehörig. Er habe die Formulierung von seinem betagten Vorgänger übernommen und wisse sehr wohl um die heutigen Auslegungen. Er könne aber ohne Bedenken sagen, dass heute ab der Pflegestufe II alle Geschwister mit einbezogen seien.

Es ging mir nicht darum, jetzt alle in die Pflicht zu nehmen, aber ich konnte mir zumindest diesbezügliche Anfeindungen verbitten.

Obschon ich manchmal von ein oder zwei freien Tagen im Monat geträumt hatte, oder wenigstens die Ankündigung eines Nachmittags, den sie für einen Besuch geplant hatten. Dann hätte ich den Zeitraum für einen kleinen Rückzug nutzen können, aber mit dergleichen war nicht zu rechnen.

Weihnachten

Weihnachten kam immer näher und ich musste sehen, wie sich das heuer gestalten ließ. Schon vor drei Jahren haben wir drei, Mama, Dietrich und ich, uns am Heiligen Abend allein eingerichtet.

Meine Familie wurde mit jedem Enkelkind größer, so dass gar nicht mehr alle am Tisch Platz gefunden hätten. Mein Vorschlag damals wurde gerne angenommen, dass wir drei an diesem Abend allein bleiben. Mama hatte meine Zuwendung auch nötig. Es gab ein festliches Menü. In den letzten Jahren war immer meine jüngste Schwester dabei, die sowieso bis dahin zur Familie gehörte. Durch eine Heirat hatte sie nun eine eigene Familie und so blieben wir drei ganz für uns.

Es hatte sich bislang so eingerichtet, dass wir nach dem Essen zunächst zum Friedhof fuhren, um am Grab meines Vaters einen kleinen Christbaum aufzustellen. Die Kerzen wurden angezündet und dann ging es zu Grabstätten verstorbener Verwandter und Freunde. Das war immer sehr ergreifend, wenn auf fast allen Gräbern rote Kerzen in der Nacht weithin leuchteten; besonders schön war es bei Neuschnee.

Dann ging es weiter nach Bad Oberdorf, wo unsere Tochter mit Mann und ihren vier Kindern schon sehnlichst auf uns wartete. Die Kinder haben Gedichte vorgetragen und zeigten uns stolz ihre Geschenke, wir bewunderten den Christbaum und das

Krippele, das der älteste Sohn im Werkunterricht gezimmert hat; es gab Bratäpfel wie früher bei Mama.

Der letzte Besuch des Abends galt unserer Tochter Kristin bei uns im Hause, da warteten auch zwei Kinder im ersten Stock schon auf uns. Ein ausgefüllter Abend, bei dem jeder auf seine Kosten kam.

Mama war aber immer öfter voller Unruhe; egal wo wir uns aufhielten, stand sie auf und ging umher, wollte weiter, heim oder egal wohin.

In diesem Jahr würde all das nicht mehr möglich sein, denn Mama konnte nur noch mühsam gehen und immer öfter musste der Rollstuhl genutzt werden. Da hatte sie den nötigen Halt.

Wir blieben in diesem Jahr daheim, nach dem Essen gab es viel zu telefonieren.

Mühsam für die Anrufer, aber um die Weihnachtsglückwünsche zu übermitteln, hat es dann doch immer noch gereicht. Manchmal musste ich als Übersetzer eingreifen oder eine wichtige Info weitergeben. Das hat den ganzen Abend gefüllt und bald war es Zeit, Mama ins Bett zu bringen.

Sie war sehr erschöpft. Waren es die Telefonate oder am Ende eine Ahnung, was sich da alles verändert hatte? Nachdem ich nichts vorlesen durfte, habe ich angefangen, Gutenachtgeschichten zu erzählen, wenn ich an ihrem Bett saß. Es waren solche, an die ich mich aus meiner Kindheit erinnerte und an die sich auch Mama erinnern musste.

Das hatte sie gerne, wenn sie schon im Bett lag, dann hat ihr Blick plötzlich den meinen gesucht und sie konnte über so manches lachen. An diesem

Abend fiel mir eine Erzählung ein, die meinen geliebten Großvater betraf.

Es hieß, er sei in der Heiligen Nacht, die dem Heiligen Abend folgte, nie mit in die Christmette gegangen, die um Mitternacht begann. Als die ganze Familie, warm gekleidet, sich auf den Weg nach Sonthofen machte, holte er die Bibel heraus und las darin. Seine Begründung, nicht mitzugehen, war, dass man den Hof und die Tiere, »das Vieh«, in einer solchen Nacht nicht allein lasse.

Oft erzählte er den aufmerksam Zuhörenden von den Umtrieben draußen während der Raunächte, die von der Wintersonnenwende bis zum nächsten Neumond dauerten. Er sprach vom wilden Heer, das in großen offenen Streitwagen über den Himmel »hornerten«, laut und angsteinflößend. Dabei handelte es sich um einen zu ewiger Unruhe verdammten Tross mit vielfältigen, wilden Gestalten.

Die Rechten hatte das wilde Heer nicht zu fürchten, aber die Unrechten mussten sich gut verstecken.

Solche Überlieferung aus alter Zeit gab er gern zum Besten. Sie gehörten in unsere Berge, in unser Tal, wo es hieß, die Geister hätten sich hierher zurückgezogen. Hier, so hieß es, fürchteten die Menschen sich nicht vor ihnen und lebten eine tiefe Naturverbundenheit.

An diesem Abend war die Geschichte fast real, draußen tobte laut ein Schneesturm. Gegenstände unter dem Vordach und auf dem Balkon flogen durch die Luft, das wilde Heer leistete ganze Arbeit.

Das waren Erzählungen, wie Mama sie liebte, hundertmal hatte sie sie mir schon erzählt und jetzt konnte ich ihr das zurückgeben. Beglückend für uns beide.

Inzwischen war sie eingeschlafen.

Der Alltag mit Mama hat mich nicht nur immer mehr Kraft gekostet. Manchen Abend habe ich mich erst einmal aufs Sofa sinken lassen und meinen Tränen freien Lauf gelassen. Ich habe in dieser Zeit viel über mich und mein Leben erfahren. Darüber, wie zerbrechlich doch eine Persönlichkeit ist, wenn solche unsichtbaren Zerstörungskräfte am Werk sind, wie hilflos ausgeliefert auch die unmittelbar Betroffenen sind. Darüber, wie zerbrechlich scheinbar normale Beziehungen sind; wie zerbrechlich die Herkunftsfamilie ist, wenn bei einem Angehörigen nach und nach der Verstand sich auflöst, sich verselbständigt und seinen Job nicht mehr tut.

Da gibt es Familien, die dadurch ihre Zusammengehörigkeit stärken, indem sie diese schwere Zeit gemeinsam tragen, damit nicht ein Einzelner daran zerbricht. Und es gibt Familien, die brechen daran auseinander, aus Ignoranz, Lieblosigkeit und Egoismus.

Und ich durfte in den vielen schweigsamen Stunden, die wir miteinander verbrachten, endlich erkennen, was uns beide verband und was uns trennte. Obwohl wir uns stets um Innigkeit bemühten, war es für uns beide oft nicht einfach. Mama und ich haben mehr als sechsundvierzig Jahre miteinander unter diesem Dach gelebt, mit keinem sonst so lange.

Da waren unsere unterschiedlichen Charaktere. Meine Bemühungen an der Gestaltung von Haus und Garten schienen ihr übertrieben. Keine Mühe scheuend, war ich ständig auf der Suche nach Erleichterungen und Verbesserungen, vor allem wenn sie dann noch meine Kreativität forderten.

Mama fehlte dazu schon immer der Impuls, sah also wenig Sinn in meiner Betriebsamkeit. Sie hielt bis vor kurzem ihren kleinen Haushalt in Ordnung, darüber hinaus gab es keine Aktionen, vom Beerenlesen einmal abgesehen. Später war sie dann regelrecht eifersüchtig auf diese Projekte, weil sie damit meine Aufmerksamkeit teilen musste.

Da waren meine Geschwister, die bei den Besuchen ihren Einfluss geltend machten, ihre Sicht kundtaten und Mama ihnen stets begeistert recht gab in allem, was da geäußert wurde. Das hat sie manchmal ganz schön verdreht und es dauerte oft Tage, bis wir wieder normal miteinander reden konnten. Denn wir beide haben miteinander den Alltag gelebt: »All-Tag.«

Es war die gemeinsame Wassermann-Betonung, die sich als Hindernis an inniger Vertrautheit erwies, weil diese Betonung auf Distanz besteht. Betulichkeiten lagen uns beiden nicht.

Erst jetzt, wo Mama mich für jeden Handgriff brauchte, konnte ich mich zu meiner Innigkeit bekennen, die sich bis dahin oft im Alltagsablauf verborgen hielt.

Lieber spät als nie sind solche Einsichten ein kleines Trostpflaster für so manches Unverstandensein.

Die Krankheit schritt voran, was gestern noch ging, konnte heute schon unmöglich sein. Oft lag sie noch am Mittag genauso auf dem Sofa, wie ich sie am Morgen verlassen hatte, unfähig, irgendetwas für sich selbst zu tun. Das Telefon war nicht mehr so wichtig, dass sie sich bemüht hätte, ein Gespräch anzunehmen. Wenn doch, dann hatte sie meistens den Hörer verkehrt herum in der Hand.

Die rote Ledertasche, in der sich 200 Euro in kleinen Scheinen befanden, blieb neuerdings unberührt. Auf Nachfrage bekam ich zu hören, dass die Tasche unauffindbar sei, die Leute, die des Nachts durch ihr Schlafzimmer gingen, hätten die Tasche bestimmt an sich genommen. »Was für Leute?«, fragte ich. Die Antwort kam prompt: »Die kennst du doch sowieso nicht.«

Das war auch eine neue Seite, die sie perfekt beherrschte, wenn sie sich in einem Widerspruch ertappt sah.

Mama war immer ein furchtloser Mensch, konnte sich auch einmal mit Höhergestellten anlegen, wenn sie glaubte, im Recht zu sein. Der Filialleiter im Einkaufsmarkt konnte davon genauso ein Lied singen, wie der Postbeamte oder das Fernmeldeamt, der Apotheker oder ein Arzt. Diese Unerschrockenheit hat sich bis zuletzt nicht verringert, da konnten »Leute« des Nachts durchs Zimmer schleichen, solange sie wollten.

Gut, dass sie nicht den Hang hatte, allein hinauszugehen, wie ich es aus vielen Erzählungen kannte.

Darüber war ich sehr froh, sonst hätte ich alle Türen absperren müssen, wenn ich zum Dienst ging. Ihre Einschränkungen erlaubten das nicht mehr.

Ich hatte aufgehört, mich gegen den raschen Verlauf der Krankheit zu sträuben, Widerstand und Gegenrede konnten diese Entwicklung nicht verhindern.

Die anfänglichen Bedenken, dem nicht gewachsen zu sein oder vielleicht zu versagen, ist allmählich einer Akzeptanz gewichen, die sich anfühlte wie Resignation und Kapitulation. Es half nicht, zurückzuschauen, von dort kam kein Impuls und die Zukunft hatte sich hinter einem dichten Schleier verborgen. Beides konnte mir nicht dabei helfen, jeden Tag aufs Neue zu starten und die Abläufe aufrechtzuerhalten.

Eines Nachmittags saß eine kleine Gruppe bei Mama in der Stube. Jemand hatte Kaffee und Kuchen mitgebracht und den hinterlegten Schlüssel benutzt. Als ich dazukam, verstummte das Gespräch. Mama sah mich mit trotzigem Gesichtsausdruck an. Das abgebrochene Gespräch wollte sie fortsetzen und meinte, es gäbe keine Suppe mehr zu Mittag, und überhaupt, sie sei immer allein, weil ich nur unterwegs sei. Huuu!

Es war, als würden mir alle Gesichtszüge entgleisen.

Ich hätte sagen müssen, dass sie gerade heute ihre Lieblingssuppe gegessen hatte und ich eben erst mit der Küchenarbeit fertig geworden bin. Aber ich ließ es lieber, ich sah schon den Vorwurf in den Augen meiner Schwester, deren Ehemann und meiner Tante. Ich drehte dieser Zusammenkunft den Rücken, da hatte ich nichts zu suchen.

Am Abend gab es statt einer Gutenachtgeschichte eine Klarstellung.

Obengenanntes kam zuerst, und dann musste ich ihr sagen, dass ich alles in meiner Macht Stehende für sie tue und mehr nicht gehe. Sie schloss die Augen und wandte den Kopf zur Seite, immer noch diesen Zug um den Mund, und sagte: »Was tuscht du denn schon für mich?« Dem war nichts mehr entgegenzuhalten. Das waren nicht ihre Worte, ich kenne alle, die es noch gibt. Ich fragte mich, ob diese Besucher sich im Klaren waren, was sie da anrichteten. Wem sollte das dienen?

Ich musste an dieses Leben, wie es sich jetzt zeigte, ganz neue Maßstäbe setzen. Wenn Mama auf Suggestivfragen so reagierte und sich dann offen beschwerte, sollte sie das tun. Ich konnte sie nicht daran hindern oder sie vor den anderen bloßstellen, ganz egal ob ihre Einschätzung stimmte oder nicht. An der Situation änderte das gar nichts. Sie lebte in einem Gefängnis, aus dem es kein Entkommen gab. Und sie hielt mich, angesichts des Zuspruch der Besucher, der sich anhörte wie: »... des kannscht du doch wenigschtens verlange«, für den Gefängniswärter, dem alle Schuld zuzuschieben war an dieser miesen Lage.

An diesem Abend wurden die Morgenseiten noch ergänzt. Ich musste mich freischreiben, um die heutige

Erfahrung zu integrieren in das große Ganze, dann würde sie ihre Bitterkeit verlieren.

Die Morgenseiten, wie ich mein Tagebuch nenne, führten mich immer wieder sanft zu mir zurück. Oft genug schienen andere für mich viel wichtiger zu sein und machten mir glauben, es sei ausschließlich meine Aufgabe, ihnen zu dienen. Im Schreiben konnte ich meine Position wieder ausmachen und gegebenenfalls korrigieren. Ein wichtiges Instrument.

Inzwischen schienen sich ohnehin manchmal die Grenzen zu verwischen zwischen Mama und mir. Da war nicht mehr auf Anhieb zu spüren und zu erkennen, wo sie endete und ich begann und umgekehrt. Vielleicht eine Folge der ungewohnten intensiven Nähe, die ihre Hilflosigkeit uns beiden aufzwang.

Es wird nicht einfacher

Zum Jahreswechsel wurde eine Ruhephase spürbar. Die Feiertage mit allerlei Familienzusammenkünften waren vorbei und die extrem winterliche Witterung ließ im Haus viel Behaglichkeit aufkommen. Im Ofen brannte immer ein schönes Feuer und es roch nach guten Tees, Glühwein oder einem starken Kaffee, dazu gab es das feine Weihnachtsgebäck, das meine Töchter hergestellt hatten. Mama schlief viel und wollte oft nur zu den Mahlzeiten aufstehen. Sie bedankte sich häufig für jede Handreichung. Vor allem, wenn sie abends in ihrem Bett lag und ich ihr eine gute Nacht wünschte, bekam ich oft zu hören: »Mei Mädle, was muscht du alles tu, so viel Aarbeit hascht du mit mir!«

Diese tiefgreifende, degenerative Gehirnstörung wirkte bei ihr parallel auf alle Körperfunktionen, am schlimmsten war die verloren gegangene Mobilität.

Beim Hausbesuch des Arztes Anfang Januar klagte Mama über starke Schmerzen im linken Knie. Ich war verwundert, denn das hatte sie bislang nicht erwähnt. Der Doktor tastete das Knie ab, beugte es und empfahl, eine Röntgenaufnahme beim Orthopäden machen zu lassen. Er stellte eine Überweisung aus und ich besorgte einen Termin.

Ich wusste wohl, was das wieder hieß, aber es musste sein. Endlich im Auto, war Mama sehr ängstlich wegen des vielen Schnees, der auf der Straße lag, und ich hoffte auf einen Parkplatz in der Nähe des Eingangs. Bald saßen wir im Sprechzimmer, wo wieder Untersuchungen stattfanden, und schließlich schickte man uns zum Röntgen.

Eine zierliche junge Arzthelferin bat mich, Mama auf den Tisch zu helfen, sie könne das nicht. Vergeblich versuchte ich, sie so anzulehnen, dass sie sich umlegen konnte, wie wir das ja daheim auch machten; es ging nicht, der Tisch war zu hoch. Dann habe ich sie mit aller Kraft hinaufgehoben. Zwar erfolgreich, aber ich konnte mich nicht mehr aufrichten, in mein Kreuz hatte ein Blitz eingeschlagen.

Was nun? Der herbeigerufene Arzt gab Anweisung, das Mädchen solle mit meiner Krankenkassenkarte und 10 € Praxisgebühr aus meiner Handtasche zur Anmeldung gehen, dann komme er mit einer Spritze für mich. Nach dieser Prozedur und einer Röntgenaufnahme von Mamas Knie saßen wir irgendwann wieder im Sprechzimmer und erfuhren, dass es sich um Abnutzungen des Kniegelenks handle, und die einzige Möglichkeit, die Schmerzen zu beenden, sei ein neues Kniegelenk für Mama.

Ohne mich!, hab ich gedacht, ich fühlte mich irgendwie tief verletzt, im Rücken und auch sonst.

Auf der Heimfahrt hat Mama geschwiegen, hat nicht lamentiert, was noch werden solle mit ihr, aber ich hab mich das im Stillen gefragt.

Dieser Vorfall hatte zur Folge, dass ich nicht mehr aus voller Kraft zulangen konnte; ich bin unsicher geworden und Mama konnte sich an manchem Tag recht schwer machen.

Eine Woche später stellte sich heraus, dass die Schmerzen von einer Thrombose in der Kniekehle kamen, die im Krankenhaus behandelt werden musste.

Im Wartezimmer meines Hausarztes traf ich einen Bekannten, dessen Mutter kürzlich verstorben war. Sie hatte die letzten sechs Monate im hiesigen Spital gelebt, nachdem es nach langer Zeit zu Hause einfach nicht mehr ging.

Das Spital ist das Alters- und Pflegeheim mitten in der Stadt.

Ich erzählte ihm von dem unglaublichen Vorfall beim Orthopäden und meinte, eine andere Möglichkeit, als weiterzumachen, gäbe es wohl nicht. Im Spital sei es so gut wie unmöglich, einen Platz zu bekommen. Er sagte, um überhaupt einmal an einen Platz zu kommen, müsse ich zunächst für Mama einen Antrag auf Aufnahme stellen; dann gebe es Härtefälle, wo Ausnahmen gemacht würden.

Auf dem Weg zum Auto hab ich noch im Spital ein Anmeldeformular geholt, das wollte ich in Ruhe durchlesen. Das war ein leiser Hinweis, dem ich nachgehen musste, denn was sollte werden, wenn ich ausfiele?

Am 25. Januar hab ich den Antrag komplett ausgefüllt abgegeben. Die Sekretärin meinte, drei Jahre könne das schon dauern; das war mir egal.

Da war urplötzlich eine Hoffnung sichtbar geworden, diesen nächtlichen Ängsten zu entkommen, die mich plagten, seitdem ich im Rücken so eingebrochen war. Ich war ganz schön verstrickt in diese Verantwortung, hatte Sorge, sie nicht mehr tragen zu können.

Eine fiebrige Grippe hat mich dann sogar den Mut haben lassen, meine ältere Schwester bei einem ihrer Besuche darum zu bitten, Mama doch ein paar Tage zu sich zu nehmen.

Anna war seit acht Monaten im Ruhestand.

Spontan erklärte sie sich bereit dazu. Schnell packte ich alle wichtigen Sachen zusammen, wollte ihr einige Tipps geben, was Verdauungsregelung und vieles mehr betraf. Sie aber wollte davon nichts wissen, sie kenne doch Mama lange genug, um damit umzugehen.

Bei der Rückkehr deutete sie an, dass es sinnvoll gewesen sei, sie nicht aus den Augen und schon gar nicht allein zu lassen. So habe sie sich ihre Rentnerinnenzeit nicht vorgestellt. Ich konnte sie verstehen.

Alles war gar nicht so schlimm. Die kurze Pause hatte ich genutzt, um mich gesund zu schlafen, hatte mich zu einer Schmerztherapie gemeldet. Und als Mama zurückgebracht wurde, waren meine Batterien wieder geladen.

Die Tage wurden wieder länger, es gab einen leisen Frühlingshauch, das stimmte positiv, und das Mehr an Licht tat der Seele gut. Die Sonne schien direkt ins Wohnzimmer und die Stimmung wurde wieder besser. Obwohl noch nicht sichtbar, lag der Frühling spürbar in der Luft. Der Wind war zwar kalt, aber die Sonne hatte schon etwas mehr Kraft.

Manchmal stahl ich mich aus dem Haus, um in die kleine Schlucht hinaufzugehen, aus der unser Bach hervorkam. Da ist eine Art Märchenwald, in den ich mich schon als Kind gelegentlich zurückgezogen habe. Mehr denn je hatte dieser Zufluchtsort seine Bedeutung für mich und klärte so manche innere Unruhe. Da konnte ich Steinmännchen bauen und mir vorstellen, dass die in der Nacht einen Tanz aufführten. Oder ich hörte einfach dem Plätschern des Baches zu. Heute spürte ich, wie dünn mein Nervenkostüm geworden war, wie dünn meine Haut. Der Bach war nahezu schneefrei und ich legte mich auf einen großen flachen Stein am Rande. Der umgebende Wald ließ die Sonne nur in schmalen leuchtenden Bahnen eindringen, aber auch die Schatten verstärken. Es war wie eine Höhle, in der ich mich geborgen fühlte. Das unterschiedliche Licht passte gut zu meiner Stimmung und legte sich weich und warm um mich. Ich spürte die Kälte dieses Wintertages nicht mehr. Keine halbe Stunde hatte diese Tröstung gedauert, wie schön, dass es so etwas gab.

An Mariä Lichtmess, dem 2. Februar, habe ich als Gutenachtgeschichte ihre Schilderung des Hochzeitstages wiedergegeben, wie ich sie kannte.

An diesem Tag wäre sie 63 Jahre verheiratet gewesen. Zunächst wies sie die Erinnerung daran ab, dann aber fielen ihr noch Einzelheiten ein, die ich noch nie gehört hatte.

Der erzwungene Rückzug von allen gewohnten Unternehmungen hatte neue Freiräume geschaffen, dringend nötig, denn die Zeit war knapp bemessen, und da musste jeder Handgriff passen, jede Entscheidung stimmen. Es fühlte sich an wie die Vorbereitung auf eine Reise, wo ein Termin nach dem anderen verschoben und Verabredungen ständig abgesagt werden müssen. Da geht es auch nur um eines, um diese Auszeit.

Irgendwann wurde auch das Wenige zu viel: die Stunde Tennis am Dienstag und die Stunde Gymnastik am Donnerstag.

Meine Morgenseiten geben diese Daten wieder preis, die ich selbst angesichts größter Forderung täglich geführt habe, mindestens ein DIN-A4-Blatt voll. Wenn an manchen Tagen viel anstand, dann bin ich noch früher aufgestanden, um zu schreiben und die fünf Yogaübungen zu praktizieren. Das hat mich gestärkt und aufgerichtet für den Tag.

Und es gab Tage, da war alles ganz leicht, denn Mama empfing mich schon mit einem Lächeln aus ihrem Bett heraus, kam mir beim Aufstehen regelrecht entgegen, dann war es für mich deutlich müheloser. Sie sperrte sich beim Anziehen nicht, und wenn ich beim Kämmen eine Melodie gesummt habe, schmunzelte sie.

So beginnt ein schöner Tag, so leicht kann das Leben sein.

Tagebuch vom 18. März 2005: »Die Stare sind schon zu Dutzenden an den Kästen und verhandeln, welcher Brutplatz wem gehört. Sie zeigen akrobatische Flugkünste in ihrem Treiben um Familiengründung, wirken ansteckend mit ihrer Lebensfreude. Die schneefreien Flächen im Garten werden mit jedem Tag größer und Gänseblümchen wagen sich ans Licht. Es liegt eine Art Optimismus in der Luft und die Sonne spendet Lebenskraft.

Mein tägliches Bemühen um Klarheit hat mich von so manchen familiären Verstrickungen und Befangenheiten befreit. Ich stehe zu dem, was ich leiste, dem Dienst, den ich täglich verrichte; Voraussetzung ist, die nötige Distanz zu wahren und nicht über meine Kräfte hinaus zu wirtschaften. Ob ich von meinen Geschwistern Unterstützung bekomme oder nicht, ist nicht das Thema. Meine Pflicht ist es, unbeirrt zu bleiben, bei mir zu sein, dann geht es irgendwie weiter.«

Die Reste des Winters hatte ich aus unseren Wohnräumen hinausgeputzt, alles war blitzblank, atmete Frische, auch das gehört zum Wohlgefühl.

Mama konnte warm eingepackt über Mittag vor dem Haus im Rollstuhl sitzen.

Um diese Zeit hatte ich bei Nacht einen Traum, den ich am Morgen notierte. Erst jetzt beim Lesen verstehe ich dieses Bild:

»Ich befinde mich in einem größeren Kreis, einer vertrauten Gruppe. Man fordert mich auf, ein Kind im Arm zu halten. Ich mochte das Kind, war verwandt mit ihm, aber es war nicht meins, ich hielt es gut fest. Da spürte ich, wie nach und nach meine Kräfte in den Armen nachließen, ich fürchtete, das Kind fallen zu lassen, und konnte es im letzten Moment noch sanft auf den Boden legen.«

Beim Aufheben von Mama konnte ich mich nicht mehr auf meinen Rücken verlassen, sondern versuchte, das Gewicht mit den Armen, den Schultern, den Nackenmuskeln und der Halswirbelsäule zu tragen.

Das hatte auf die Dauer fatale Folgen.

Allmählich kam dann doch die Idee auf, einen Pflegedienst zu engagieren, der morgens und abends das Aufstehen und Zubettgehen übernahm.

Auf Empfehlung hin hatte ich ein sympathisches Team engagiert, das diese Aufgabe übernahm. Die Sorge, dass Mama darauf ablehnend reagieren könnte, war unbegründet. Sie fand sie alle nett, besonders wenn ein junger Mann eingeteilt war, den sie für ihren ältesten Enkel hielt.

Das war eine gute Einrichtung, aber trotz allem eben nicht perfekt.

Der Tag war lang und die Mahlzeiten mussten ja im Sitzen eingenommen werden, während Mama die meiste Zeit des Tages auf dem Sofa liegend verbrachte. Ich war nach wie vor extrem damit gefordert, sie hochzuheben und wieder hinzulegen. Der Toilettengang war ein riesiger Kraftakt.

Die sich verstärkenden Schmerzen im Nackenbereich wurden zur Qual.

Bei einer dieser Bemühungen, als ich sie vom Sofa

hochgehoben hatte, klingelte es an der Tür. Mama versuchte in der Bewegung sich nach der Tür umzudrehen, wir verloren das Gleichgewicht und schlugen beide unsanft am Boden auf. Ich rappelte mich benommen hoch, ging zur Türe. Die Dame von der Fußpflege stand draußen. Sie half mir dann, Mama in den Rollstuhl zu setzen.

Uns beiden war Gott sei Dank nichts passiert.

Nachdem die Schmerztherapie wenig Erfolg gebracht hatte, plante ich eine Art Kuraufenthalt in einem Thermalbad mit heißen Quellen. Mama ging zum zweiten Mal in die Kurzzeitpflege. Ich erhoffte mir davon eine Besserung und Beruhigung meiner nervlichen Verfassung.

Fangopackungen, Massagen, viel Ruhe und die gute Luft am Meer hatten eine kurze Verschnaufpause gebracht. Ich konnte wieder schlafen und normal essen und hoffte auf eine Normalisierung des Befindens.

Wieder zu Hause, war die Freude kurz. Schon bald wechselte ich wieder bei Nacht bis zu viermal die Kopfunterlage, ohne eine Linderung zu finden.

Jeden Abend stahl ich mich für irgendeine Anwendung aus dem Haus: Akupunktur, Elektroströme, Stoßwellen, Massagen mit den exotischsten Namen, nichts hat diesen Punkt des Schmerzes je erreicht.

Eine Entscheidung muss gefällt werden

Auf einmal wusste ich es ganz klar!!!

Egal welcher Anstrengungen ich mich befleißigte, es reichte nicht mehr aus, mit jedem Tag, der dem anderen folgte, weniger.

Ich spürte, wie meine Lebenskraft versickerte in einem aussichtslosen Kampf, einem Ideal gerecht zu werden.

Wem wollte ich es recht machen?

Mama hatte die letzte Kurzzeitpflege in einer Art Abwesenheit absolviert, sie hatte gegessen, geschlafen und geschwiegen. Sie war eben hier, weil es woanders gerade nicht ging.

Wie würde sie unsere jetzige Situation einschätzen, wenn sie das noch könnte? Würde sie darauf bestehen, von mir hier im Haus versorgt zu werden, selbst wenn …? Wohl kaum.

Ich musste eine Entscheidung fällen, für uns beide, es ging nicht mehr allein um Mama. Da kam mir keiner zu Hilfe, da stand ich genauso allein wie bei den täglichen Verrichtungen, die mir über den Kopf zu wachsen drohten, weil meine Kräfte mich verließen.

Mein Körper hatte begonnen, mir seinen Beistand zu verweigern.

Auf meinen Partner konnte ich nicht zählen, wie gelähmt, von meiner körperlichen und psychischen Verfassung überfordert, hielt er immer noch krampfhaft an diesem Versprechen fest, dass Mama hier im Haus bleiben sollte bis zu ihrem Ende.

Ich hätte mir das auch gewünscht.

Ich schrieb einen weiteren Infobrief an meine Geschwister, teilte ihnen mit, dass ich mich gezwungen sah, in absehbarer Zeit einen Dringlichkeitsantrag für Mamas Aufnahme im Spital zu stellen. Daraufhin kamen unterschiedliche Vorschläge. Der erste und einzig akzeptable, den ich auch selbst als Rettungsanker in Betracht gezogen hatte, war der, Mama bis zum Ende meiner Berufstätigkeit dort unterzubringen. Das wäre ein halbes Jahr, eine echte Verschnaufpause. Ein weiterer Vorschlag, mich doch mit Abständen immer länger krankschreiben zu lassen, das spiele doch sowieso keine Rolle mehr, war absolut undiskutabel. Die beiden anderen Reaktionen dienten höchstens dazu, mir Schuldgefühle zu machen. Zweimal wurde die Meinung geäußert, dass das doch wohl mein Problem sei. Diesen Satz kannte ich ja nun schon.

Ich hatte alles in meiner Macht Stehende getan, hab weit über meine Kräfte hinaus gearbeitet, so manche Wut, die sich meiner bemächtigen wollte, hinuntergeschluckt wie eklige Kröten, in dem vergeblichen Ringen um Erfüllung dieser Aufgabe.

Es ging nicht mehr.

Nun musste ich mich bewegen, daran kam ich nicht mehr vorbei.

Diese Einsicht hatte mir wieder etwas Luft verschafft. Ich stellte den Antrag im Spitalbüro. Eine sehr einfühlsame Frau besprach mit mir die Einzelheiten, und auf meinen letzten Satz: »Ich habe keine andere Wahl«, sagte sie nur, das sehe sie.

Es hieß, es könne schnell gehen, weil Mama mit der Pflegestufe II die einzige Bewerberin sei, aber es könne auch noch etliche Wochen dauern.

Das war jetzt alles nicht mehr wichtig, die Entscheidung war gefallen.

Am 23. Mai kam ein Anruf aus dem Spital, es gebe ein Appartement, das zum 1. Juni beziehbar war.

Am nächsten Tag konnte ich die Räume besichtigen und hab mich entschieden. Es gab einen großen Wohnraum, der möbliert werden musste, ein mittelgroßes Bad, eine Küchenzeile und einen geräumigen Balkon zur Fußgängerzone hin. Finanziell musste aufbezahlt werden, das war klar, aber es war mit baldiger Wirkung die Pflegestufe III zu erwarten.

Der Umzug war auf den 1. Juni angesetzt, die Möbel wurden ausgewählt, Schrank und Bett waren vorhanden. Kristin hatte alle Besucher der vergangenen Wochen angeschrieben und die neue Adresse mitgeteilt.

Ich erhielt viel Zuspruch aus nächster Nähe, aber auch Ablehnung. Die Ablehner hätte ich gern gefragt, ob sie denn schon einmal annähernd eine solche Aufgabe erfüllt hätten. Aber darauf konnte ich jetzt nicht mehr eingehen. Der Zeitpunkt, wo Unterstützung noch Hilfe gebracht hätte, war längst überschritten. Alle Kraft und Mut zusammennehmend, setzte ich diesen Weg fort.

In der Nacht zum 1. Juni hatte ich einen Traum oder so etwas Ähnliches. In einer Art Schlafzustand fühlte ich ein Wesen neben mir liegen, schmal an meiner Seite, das leise und gleichmäßig atmete. Als es hell wurde, war ich allein.

Wir haben den Umzug bewerkstelligt, meine Kinder und Schwiegerkinder haben mitangepackt und bald war alles an seinem Platz. Mama sollte im Speisesaal essen, und zwar ohne Hilfe, das werde sie wieder lernen.

Ich hatte mich angeboten, nach meinem Dienst mittags zu kommen und ihr beim Essen zu helfen. Der Platz im Speisesaal würde nicht ausreichen, wenn alle Bewohner von einem Angehörigen gefüttert würden, hieß es. Und was sei mit jenen, die keine Familie hatten? Okay. Das musste ich einsehen.

Nun war Mama an einem Ort, wo sie optimale Pflege erwarten durfte, so wie ich es ihr hätte nicht mehr bieten können.

Dort würden auch Besucher hinfinden, die zuletzt vergeblich hier erwartet wurden. Ich wollte weiterhin die Administration und Organisation in Händen halten, das oblag mir auch dort, war selbstverständlich für mich.

»Solange das nicht irgendwelche Mächte verhindern.« Diesen Satz fand ich in den Morgenseiten dieses Tages, als hätte ich es geahnt.

Ich ließ sie los und wir entkamen somit beide der gegenseitigen Abhängigkeit.

Ein Foto, das vor einem Jahr anlässlich des 60. Geburtstages meiner Schwester gemacht wurde, zeigte das deutlicher als tausend Worte. Es zeigte, wie eng wir aneinandergebunden waren, auf Gedeih und Verderb. Ein zähes Ringen, weil ich es allen recht machen wollte. Aber da waren zu viele Meister, denen allen zu dienen unmöglich war.

Diese Aufgabe, die mir zugefallen war, fiel mir nicht leicht, noch wurde sie mir leicht gemacht.

Obwohl ich nicht zu Hilflosigkeit neige und mir stets zu helfen weiß, hab ich mich doch über lange Strecken des Weges alleingelassen gefühlt. Gerade Krisenzeiten während dieser Aufgabe haben mich an Grenzen geführt, die mich ratlos gemacht haben. Oft hatte ich das Gefühl, von meiner Umgebung beobachtet zu sein, wie ich das jetzt wohl meistere. Aber es stockte auch häufig der Informationsfluss, sowohl von Fachleuten, wie Ärzten, von sozialen Einrichtungen, der Krankenkasse und Behörden. Eine zusätzliche Erschwernis inmitten dieser pflegerischen Herausforderung.

Eine neue Ebene

»Mit dem Dienen ist es so eine Sache: Wenn man es unterlässt, hat man nichts verdient; wenn man es übertreibt, verdient man immer weniger und ist am Ende der Dumme«, sagt M. Jehle im Meridian.

Da endet eine Lebensetappe, der einen tiefen Einschnitt dargestellt hat. Nicht nur für Mama und mich, sondern für alle, die uns darin begleitet haben. Niemals hätte ich mir träumen lassen, solchen Aufgaben gewachsen zu sein. Mein Nachgeben von jedem Druck, der sich aufbaute auf Grund der fortschreitenden Krankheit, hatte neue Lasten zur Folge. Das ging nun so lange, bis irgendwann eine Grenze gesetzt war. In diesem Falle war es mein Körper, der die Alarmsignale aussandte. Und am Ende war ich keine gute Pflegerin mehr, weil ich ausgebrannt war und leer.

Vorsichtig richtete ich eine neue Ordnung ein. Die Pflegerin riet mir, mich auf bestimmte Tage festzulegen, das wäre auch für sie von Vorteil. Das hat sich schnell eingespielt.

Es gab viele Ziele in der Stadt, die wir mit dem Rollstuhl gut erreichen konnten. Da war die schöne Spitalkirche, wo am Freitag um elf Uhr die Glocken läuteten. Dann saß ich neben ihrem Rollstuhl in der Bank und erzählte ihr, wie sie und mein Vater jeden Sonntag in die Sieben-Uhr-Messe gegangen sind.

Manchmal hat das ein Lächeln hervorgerufen. Der Mesner kam vorbei, grüßte, rückte die Blumen zurecht und sprach leise mit uns. Bald wurde sie dann unruhig und wir setzten die Fahrt fort, bis es Zeit war zum Mittagessen.

An einem Freitag waren wir ganz allein in der Kirche. Da fiel mir eine Geschichte ein, die sich ereignete, als ich sechs Jahre alt war:

»Ich trug dieses schöne weiß-rosafarbene Kleidchen. Am Sonntag durfte ich mit meinem Papa auf dem Fahrrad in die Kirche fahren. Er setzte mich auf die Stange beim Herrenrad und ich hielt mich fest an der Lenkstange. Beim Hineingehen in die Pfarrkirche St. Michael raunte er mir zu, wenn ich ihn nach der Messe nicht fände, soll ich in den Ochsen kommen. Ich musste ganz nach vorn gehen zu den Kinderbänken, er blieb in der Nähe der Treppe stehen.

Die Andacht war zu Ende und ich fand den Vater nicht unter all den herumstehenden Männern auf dem Kirchplatz. Ein paar Häuser weiter befand sich der Gasthof zum Ochsen, wo ich ihn gleich am ersten Tisch entdeckte. Er stand sofort auf und verließ mit mir das Lokal.

Auf der Heimfahrt wollte er ein paar Einzelheiten von der Predigt wissen, weil er nicht alles verstanden habe, ganz hinten. Dabei hatte der Benefiziat, weiß Gott, lautstark gepredigt, teilweise sogar richtig getobt; da fielen ihm die Haare ins Gesicht, wenn er mit der Faust auf den Kanzelrand hieb.

Beim Mittagessen gab der Papa dann seine Interpretation der Predigt zum Besten. Komischerweise unterschied sie sich ziemlich von der des Pfarrers, aber sie war für mich viel besser zu verstehen. Seine Formulierungen waren großartig, die Ausführungen brillant und Zusammenhänge einleuchtend, ich bewunderte ihn. Schon mein Großvater soll einmal gesagt haben: Martin hat die Gabe der Sprache. Da hatte er recht.

Mama und ich haben herzlich gelacht über diese Story.

Eines Tages erhielt ich einen Anruf von der Betreuungsstelle des Landratsamtes, ich sollte dort möglichst noch an diesem Tag vorstellig werden. Den zuständigen Sachgebietsleiter kannte ich bereits, weil mir beim Einzug von Mama die Spitalverwaltung geraten hatte, eine Betreuungsverfügung zu beantragen. Nach einem ausführlichen Gespräch und der Prüfung aller Unterlagen hielt er es aber für nicht erforderlich, etwas in diese Richtung zu unternehmen. Ich solle einfach die Fürsorge für Mama auch im Spital weiterführen. Das war sowieso meine Absicht.

Es hatte sich wohl etwas ergeben, was jetzt eine solche Verfügung zwingend machte. Ich machte mich gleich nach Dienstschluss auf den Weg.

Mit knappen Worten informierte er mich, dass beim Amtsgericht drei Beschwerden und die Aufforderung zur Bestellung eines unabhängigen Betreuers vorlägen. Er solle nun prüfen, was aus seiner Sicht möglich sei, da wir ja bereits Gespräche diesbezüglich geführt hatten.

Ich fragte ihn, was für Vorwürfe das denn seien,

obwohl mich die Inhalte eigentlich gar nicht interessierten. Es sei eine geballte Ladung an Empörung meiner drei Schwestern. Ich sah ihn entgeistert an, suchte in seinem Gesicht eine Erklärung. Er hob die Schultern, machte eine eher hilflose Handbewegung über den Akten und meinte, dass es nichts Illegales sei, einen Angehörigen mit einer solchen Erkrankung und Hilflosigkeit in ein Pflegeheim zu bringen, wenn es daheim nicht mehr gehe.

Es handle sich wohl vielmehr um Befürchtungen finanzieller Art, und da könne er dem Richter empfehlen, den Bereich des Geldes in unabhängige Betreuerhände zu legen. Ob ich damit leben könne. Ja, sagte ich spontan, ich kann ein Stück Verantwortung abgeben, es ist immer noch genug für mich zu tun.

So sehe er das auch.

Da saß aber ganz tief ein Stachel, der unsagbar schmerzte, der ließ sich nicht einfach abschütteln. Der eiserne Griff in meinem Nacken drückte wieder zu.

Es war schwer, zur Tagesordnung überzugehen.

An einem Freitag im Juli kamen Mama und ich aus der Spitalkirche und auf dem Weg zum Zimmer fragte ich im Büro der Pflegedienstleitung nach der Post, wie jede Woche.

Die diensthabende Schwester wich meinem Blick aus und meinte knapp, selbst wenn Post da wäre, bekäme ich sie nicht mehr, wegen der Betreuungsverfügung. Auf weitere Fragen gab es keine Antworten mehr.

Das war heftig. Ich brachte Mama ins Zimmer, war jetzt genauso schweigsam wie sie und verabschiedete mich bald.

Ich rechnete schon seit dem Gespräch im Landratsamt mit einem Bescheid vom Amtsgericht, aus dem hervorgehen würde, was nun beschlossen ist. Vielleicht lag das Schreiben bereits bei mir im Briefkasten.

Fehlanzeige.

Bei einem Anruf in der Betreuungsstelle erfuhr ich dann, dass mit Wirkung vom Soundsovielten eine Frau eingesetzt sei, ich solle mich an sie wenden.

Ich bat diese Frau dann zu mir, legte ihr alle Unterlagen vor, und sie nahm an sich, was sie für ihre Arbeit brauchte. Sie meinte, es stünden pro »Fall« zwei Monatsstunden zur Verfügung, nur am Anfang, bis »alles laufe«, seien es sechs.

Was um Himmels willen sind in zwei Monatsstunden für Aufgaben zu erfüllen? Die Auszüge von der Bank holen, das Sparbuch führen und eventuelle Überweisungen ausstellen?

Ein gut bezahlter Job.

Ich bin fast sicher, dass sie meine Mutter nie besucht hat.

Es vergingen einige Wochen, bis ich in der Lage war, dem Richter zu schreiben, nachdem ich vergeblich auf einen Bescheid gewartet habe.

Ich wollte wissen, warum auf Grund von Mitteilungen – seine Wortwahl – ein Beschluss gefasst wurde, ohne die Person zu hören, die bis dahin alle Verantwortung getragen hat, zum Wohle der Mutter. Einer Prüfung der Finanzen hätte ich offen gegenübergestanden. Ich wollte wissen, warum mir bis heute keine Information darüber vorlag, die eindeutig die Kompetenzen klärt.

Nach ein paar Wochen kam die Antwort des Richters. Er führte aus, dass laut § 68a Satz 3 FGG eine zwingende (?) persönliche Anhörung der Kinder eines Betroffenen gesetzlich nicht vorgesehen sei. (Vielleicht liegt es im Ermessen des entscheidenden Richters.) Eine Bekanntmachung seines Beschlusses sei mir gegenüber nicht angezeigt gewesen, lediglich die Betroffene (Mama) habe eine solche erhalten.

War ich nicht betroffen?

Es würde mir aber keiner verwehren, mit meiner Mutter weiterhin Kontakt zu pflegen.

Das war sehr freundlich, danke.

Nach diesem Briefwechsel versuchte ich mich wieder auf das Naheliegende zu besinnen. Es war zwecklos, irgendwelchen Kränkungen nachzuspüren, daran ließ sich nichts mehr ändern.

Mama lebte sich gut ein, sie liebte den Azubi Olli, der sie duzte, und auch sonst war sie in allerbesten Händen. Sie hatte jetzt eine professionelle Pflege, wie sie daheim nicht mehr gewährleistet war. Ich war an zwei Tagen in der Woche bei ihr. Wir fuhren gerne im Spitalgarten, suchten die schönste Bank, und ich erzählte Geschichten, die mir gerade einfielen.

Einmal beschrieb ich ihr, dass ich im Hindelanger

Rathaus zu tun hatte, einem Schloss, das im Jahre 1660 von Erzherzog Sigismund erbaut wurde. Es gab in den Jahrhunderten vielfältige Hausherren und Nutzer und war seit 1922 Rathaus.

»Eine Hebamme hatte in den fünfziger Jahren im kleinen Ostturm des Gebäudes eine Praxis unterhalten, wo die Wöchnerinnen noch ein bis zwei Nächte nach ihrer Entbindung bleiben konnten. In diesem Schloss hat Mama ihr fünftes Kind zur Welt gebracht.

Eine Prinzessin namens Oliva.

Als einziges Kind hatte sie die blauen Augen unserer Mutter geerbt und bald umrahmten blonde Locken das hübsche Gesicht. Sie tat unseren Eltern spürbar gut, belebte und bestimmte die täglichen Abläufe in der Familie.

Wir Großen mussten jetzt die Liebe und Fürsorge der Eltern mit dem kleinen Mädchen teilen, aber hatten gleichzeitig auch neue Freiheiten. Sie dagegen hatte eine Vielzahl Erzieher um sich und hat es uns oft nicht leicht gemacht.«

Mama sah mich mit großen Augen an und nickte schweigend.

Manchmal hatte ich im Garten das Haarschneideset dabei, dann zogen wir in den hintersten Winkel des Parks. Die Locken etwas zu kürzen, wenn sie ins Gesicht hingen oder am Brillenbügel aufsaßen, die Nägel zu pflegen und kurz zu halten, waren beliebte Tätigkeiten, wo ihre Sprachlosigkeit kein Problem war. Ich massierte ihr gerne das Gesicht und die Hände mit einer feinen Creme, was sie immer sichtlich genoss. Einmal in der Woche gingen wir ins Café um die Ecke und sie bekam ihre Lieblingstorte. Bei schlechtem Wetter hab ich den Kuchen aufs Zimmer geholt.

Gern war mein dreijähriger Enkel Vincent mit dabei, die beiden liebten sich vom ersten Tage an. Dann ging es ins Eiscafé. Ich schob den Rollstuhl und Vincent lief daneben her und hielt fest die Hand seiner Urgroßmutter.

Mit dem Eis in der einen Hand, sah er sie groß an und fragte: »Uri, warst du auch einmal drei Jahre?«

Mama sah ihn freundlich an und zog die Augenbrauen hoch.

Ich antwortete für sie: »Ja, Vincent, sie war auch einmal drei Jahre alt.«

Sein Gesichtsausdruck wurde sehr nachdenklich, er war tief berührt.

Dann gab es immer etwas zu regeln und zu räumen; es musste der Schrankinhalt gelegentlich neu geordnet werden, Flickwäsche heraussortiert und eventuell Fehlendes wieder besorgt werden.

Einige Male musste sie ins Krankenhaus. Die Pflegerinnen riefen mich dann an. Da waren die notwendigen Dinge nachzubringen, die Formalitäten mussten erledigt werden, sowohl die Anmeldung als auch die Abmeldung, Getränke besorgt und die Gespräche mit den Ärzten geführt werden.

Als die Zahnprothese nicht mehr hielt, fand ich eine Zahnärztin, die zur Praxis einen Aufzug hatte, das war Voraussetzung. Der Frauenarzt musste erneut konsultiert werden, weil der Knoten in der Brust zu wachsen begann, auch da ging es gut mit dem Rollstuhl. Es stellte sich eine Normalisierung ein. Das Pflegepersonal musste solchen Gerichtsbeschlüssen Rechnung tragen, aber brauchte auch einen Ansprechpartner, der mit der Situation vertraut war, zum Wohle des zu Pflegenden.

Die Zimmerfrau legte mir eines Tages ein paar Waschlappen hin, wo Aufhänger fehlten, und fragte, ob ich das erledigen kann. »Ja, das mache ich doch immer«, sagte ich. Ich sei aber vergangene Woche im Urlaub gewesen, dann habe sie es einer meiner Schwestern hingelegt. Die meinte, das ginge sie nichts an. Schaaade.

Das war noch nicht alles

Wie schon erwähnt, standen finanzielle Befürchtungen meiner Schwestern im Hintergrund. So wurden zwei kostspielige Gutachten notwendig, die ebenso zu Lasten von Mamas Konto gingen, wie die Bezahlung der Betreuerin. Ein Gutachter vom Landratsamt meldete sich an und besichtigte die Räumlichkeiten, die Mama ursprünglich bewohnte. Für die besaß sie ein Wohnrecht. Er nahm Einblick in alle Unterlagen und werde sich zu gegebener Zeit melden, meinte er.

Dann kam der Bescheid: Bei einer geschätzten Lebensdauer von vier Jahren habe Mama einen Anspruch an mich für nicht geleistete Pflege von 5.500 €.

Den gleichen Betrag ergab das nicht genutzte Wohnrecht.

Die Betreuerin trat als Klägerin auf, um die Interessen von Mama bei einer notariellen Vereinbarung zu vertreten.

Sie verabredete mit uns einen Termin.

Dieser Notar schüttelte den Kopf, als er den Entwurf las, und wandte sich mir zu: »Sie wissen hoffentlich, dass Sie das so nicht vereinbaren müssen.«

Er kannte den langen Weg nicht, der schon hinter mir lag. Gerichtliche Streitereien waren nicht meine Sache und wären weit über meine Kräfte gegangen. Ein letzter Versuch, da eine Wende zu bewirken, war die Frage, ob denn die Mutter wieder zurückkönne, nachdem mein Arbeitsverhältnis beendet sei. Diese beantwortete die Betreuerin mit einem entschiedenen »Nein«, nicht nach diesen Vorwürfen. (?)

Was waren das wohl für Vorwürfe? Jetzt bedauerte ich doch, dass ich bei Gericht nicht nachgehakt hatte und mir diese »Mitteilungen«, wie der Richter sie nannte, angeschaut hatte.

Wer muss wem einen Vorwurf machen?

Warum überhaupt, wenn jeder seine Arbeit tut?

Wer von uns hat seinen Job nicht getan?

Nach zwei Jahren und vier Monaten im Spital ist Mama am 10. Oktober 2007 ganz sanft in meinem und Dietrichs Beisein für immer eingeschlafen.

Ich habe es als eine Reverenz an mich verstanden, dass sie mich bei ihrem letzten Atemzug dabei sein ließ, das macht mich unendlich dankbar und glücklich.

Wir waren für neunundfünfzig Jahre ein gutes Team, jede durfte das sein, was sie war.
  Dafür verneige ich mich auch tief vor ihr.